新装版

身心の学

安岡正篤 著

黎明書房

世の学を講ずる者に二あり。
これを講ずるに身心を以《もつ》てする者あり。
これを講ずるに口耳《こうじ》を以てする者あり。
これを講ずるに口耳を以てするは、
揣摸《しも》測度《そくたく》して、これを影響に求むる者なり。
これを講ずるに身心を以てするは、
行ひて著《あきら》かに、習ひて察《つまびら》かにして、
実にこれを己《おのれ》に有する者なり。
（伝習録・中巻）

身心の学

目次

古教照心

点心

養心養生

目　次

古教照心

人間は歴史伝統の所産である。
古典は先人の貴い遺産である。
勝れた創造はその根源を深遠な歴史的文化に持たねばならない。
（安岡正篤）

照心と心照

―東洋的教学について―

無常観から悟道へ

虎関《こかん》（師錬、本覚国師）、後醍醐・後村上天皇当時の禅師で、有名な『元亨釈書《げんこうしゃくしょ》』の著者ですが、この人が「古教照心。心照古教」と申しております。

「古教・心を照す」はむずかしくはない。しかし「心・古教を照す」ようになって始めて自主活学である。本当の意味の学問というものはこういうものである。この講座は単なる博識多聞のためのものではない。『金剛経』、これは般若経の中にあるすぐれた一部であります。くわしくは金剛般若波羅蜜多経《こんごうはんにゃはらみたきょう》という。この金剛経の中に有名な六如偈《ろくにょげ》というものがある。一切有為法、如夢幻泡影、如露亦如電、応作如是観。「一切有為の法は、夢の如く、幻の如く、うたかたの如く、影の如し、露の如くまた稲妻の如し、まさに如是《にょぜ》の観をなすべし」

と。すなわちあらゆる現象世界の出来事は、まことにはかないもので、この無常観から真剣な哲学・悟道にはいるのだというのです。ただはかないことの形容だけなら、一片の感傷にすぎない。美しい文学的表現にすぎない。

この金剛経の中に、「過古心不可得、現在心不可得、未来心不可得」と説いておる。これは言い換えれば、時間と自己の問題である。現在にわれわれは生きているつもりであるけれども、これが現在と思う時にはもう過去である。未来というが、未来は未来、われわれはただ現在にしか住しない。その現在はたちまち過去であり、未来は領得することができない。どこにわれわれの自主自立の世界、しっかり把握した現在というものがあるか?

徳山宣鑑と金剛経

これについて徳山宣鑑の話がある。この人は唐朝の名僧であります。ちょうど伝教大師、弘法大師とほぼ同時代の人であります。儒門でいうならば、有名な韓退之《かんたいし》などとまた時を同じうする。俗姓は周。四川剣南の人で、法相《ほっそう》や三論にくわしく、ことに金剛経に精通し、当時周金剛とあだ名されたほどです。この人が、近来禅宗なるものがはやり出して、教外《きょうげ》別伝・不立文字《ふりゅうもんじ》・直指人心《じきしにんしん》・見性成仏《けんしょうじょうぶつ》などを標榜するが、これはとんでもない外道《げどう》の見である。一つ高慢の鼻をへし折って、叩き直してやらなければならぬというので、慨然として金剛経の注疏《ちゅうそ》、昔の本でありますから、大部な物である。これをかついで、はるばる湖南へでかけていった。洞庭湖の西に竜潭禅院という禅寺があります。そこに崇信という大禅師がおった。まあその辺をねらったのでしょう。澧州《れいしゅう》という所へきて、たまたま空腹になって何か点心がほしいと思った。点心というのは、西洋料理でいうと、デザートというようなもので、もっぱらお菓子と心得ている人が多いが、本当は、おやつ・軽食というような、ホッとした時、人間は何かつまみたくなる。それが点心。その意味は、つまり「心境を転開する」。少しくたびれたような時、ちょっとお茶を飲んで、お菓子でもつまむと、また気分が変る。点というのはポツンとしるしをつける、しみをつける。だから汚すという意味もあるが、機微をとらえる意味もある。心を点ず、好い言葉です。午後二時か三時、すなわち八つ時、ちょっと退屈して、何か食べたくなるもので、これを点心とは言い得て妙なり。さすがは文字の国だけあって、なかなかうまいことをいう。周先生もちょっと何かほしいと思った時、たまたま茶店の婆さんが餅を売っておるのを見た。そこへつかつかとはいって、ドサリと荷物をおろすなり、「婆さん、点心をくれ」。ところが、あいにくとこの婆さん容易ならざる者で、禅の物語などにはよく婆のしたたか者が出てくる。爺のしたたか者なら当り前だから面白くないが、婆のしたたか者は意外だからよく利《き》きますね。その婆さんが、「お荷物は何ですか」ときいた。「これは長安青竜寺の金剛経疏だ」。「そうですか、それは、それは。ではお尋ねしますが、うまく答えて下されば点心をさしあげましょう。お答えができなければお気の毒だがよそへ行ってもらいたい」と申しました。えらいことをいう婆だと思ったでしょう。すると、「背負っておられる金剛経の中に過古心不可得、現在心不可得、未来心不可得とありますが、あなたは何の心を点じようとなさるのか」。さすがの周先生、ハタと詰まって返事ができない。すっかり兜をぬいだという。これは禅家では金剛経にからまる有名な逸話で、金剛経は禅家ではもっとも親しまれてきた経典の一つです。この経の中には応無所住而生其心。「まさに住する所無くして、而してその心を生ずべし」といっている。周先生、とっさに〝無住心〟と出ねばならぬところですが……。日本では針《はり》ヵ谷夕雲《やせきうん》という剣の名人がこの無住心を称したということです。

求道の心要

さて、周先生はこれが契機で深く感じ入り、それまでの知識の遊戯から、真剣な求道に転じて、竜潭の崇信和尚に参じました。この竜潭崇信という人は偉い人で、この人の師匠が天皇（湖北省・荊州在の寺名）道悟という。日本人にはちょっと思いがけない名前であります。崇信が長いあいだ天皇道悟に仕えておったが、一向《いっこう》に心要を教えてくれない。求道の肝腎要《かなめ》のところ、精神生活の大原則ともいうべきものを教えてもらえない。そこで或る日機会をとらえて、この機が合うということが必要なのです。人間の事は間のびしておってはだめで、いつも気合がかからないといけません、一体この頃の人間は大衆生活・都市生活で散漫きわまりますから、個人的に活のはいったキビキビしたところがだんだんなくなり、一山百文みたいな、八百屋の店先にならんだ西瓜のように、頭をごろごろそろえただけのことになってしまう。それでは参禅になりません。粗製濫造品の大量生産工場みたいな××学校株式会社みたいな処で活学生は出ますまい。

あるとき、崇信が師に、「私はずいぶん長いあいだ、お仕えして参りましたが、未だかつて心要のお話をうけたまわったことがございません。なにとぞ心要を教えて下さい」と申しました。すると師は、「いや、わしは始終お前に心要を説いておる。お前が茶を持ってきてくれる。わしはそれを受ける。お前が御飯をついでくれる。私はそれを受ける。お前が挨拶する、わしも返す。私は常にお前に心要を説いておる」。そう言われて始めて彼は愕然として悟った。「わかりました。ではその心をどういうふうに持して参りましょうか」。道悟の答は、任性逍遥・随縁放曠・但尽凡心・無別聖解。「性に任せて逍遥し、縁に随って放曠す。ただ凡心を尽すのみ。別の聖解《しょうげ》なし」。これはいいですね。説明したら味がなくなる。やっぱり撃石火《きゃくせっか》・閃電光《せんでんこう》の如く互いの胸でやりましょう。

一灯公案

この天皇道悟にしんみりとしこまれた竜潭崇信に、さいわいにして周氏は、はなはだ機鋒の鋭い人ですが、はるばる四川から出てきた効あって、参ずることができました。彼は真剣になってこの師に参じました。ある夜晩くまで師に侍坐しておりましたところが、崇信が「もう夜も更けた、退るがよい」と言われて、おやすみの挨拶をして外へ出たが、真暗である。闇が深くて何もわからない。部屋の明るい所から急に外へ出たから、鼻をつまれてもわからない。あまり暗いので彼はまた部屋へもどってきた。「どうも真暗でして」というと、「これを持って行け」と手燭に火をつけて出された。「ありがとうございます」といって灯《ひ》を受けとると、師はフッと灯を消した。彼はハッと気がついた。これは面白いですね。この活作略《かっさりゃく》は実によい。灯りを入れた提灯を出して、彼が受けとったとたんに、フッと灯を消した。これが撃石火・閃電光です。

今までの彼は四川から出、金剛経の理論的研究、知識的研究ばかりやっておった。いっこう真のたよりにならぬものを後生大切にして理窟ばかり考えておった。心を外にばかり馳せておった。それでまったく自分がわからなくなっていた。つまりお先真暗であった。もし彼の機明がもう少し速く発したら、崇信が灯をわたしてやった時、当下《とうげ》に彼自身がふっとその灯を消して、師弟暗中に呵々《かか》大笑したかもしれません。彼はそれから所持の蔵書、注釈本の類を庭に積上げてすっかり焼いてしまいました。「徳山焼疏《しょうそ》」といって、禅門では有名な物語です。この周氏が後に湖南の徳山禅院に住して徳山宣鑑となったわけです。こういう気性の激しい人でありますから、人をみちびくにも峻烈で、「徳山の棒、臨済の喝」といわれています。この辺からだんだん禅門にも外道が出まして、それを見よう見まねのぼんくら禅僧が形だけまねて、むやみに人をどなりつけたり、なぐったりしだしたものです。

そんなことは論外ですが、これからの世の中のことを考えますと、どうしても心のできた人物、人格の精錬された人物が各方面に出てこないと、内外の混乱と頽廃はだんだんひどくなって、国民や人類の集団破滅ということになりかねないと深憂されるのです。そこにまた東洋の真教学の新意味を発見するのであります。（昭和三十七年三月）

年頭読書記

―礼記抄―

年頭の心清めに、好きな『礼記《らいき》』を取り出して耽読しながら、心に印する佳言を若干抄録する。

君子の人を愛するや徳を以てし、細人の人を愛するや姑息《こそく》を以てす。吾れ何をか求めん。吾れ正を得て斃《たお》れば斯《ここ》に已《や》まん。（檀弓）

君子と改まって言うまでもなく、人間はその実みな徳でもってその人を愛する。ここに同じように美しい女が二人おるとして、一人の美人は美は美であるが、いかにも高慢で薄情で虚栄心の強そうな点がはっきり顔に出ている。他方の美人はこれに反して、いかにも優しく謙遜で、嗜みの良さがよく現れているとすると、よほど馬鹿な男でない限り、後者の美人を愛するであろう。

富や位や才智などは結局人の愛に値しない。要するに徳を補助するにすぎないものである。真に人を愛すればその人の徳を厚うするようにしむけてやるべきである。
細人は俗にいうつまらぬ人間である。つまらぬ人間は、人を愛するにも一時の間に合わせ（姑息）ですませる。金があれば金をやり、権力があれば利権をあたえ、それが愛する相手のためにどうなるかは深く考えない。

自分は何も欲しくない。正を得て死んだら、それでよい――これは曾子《そうし》臨終の言葉である。烈々たる精神の懦夫《だふ》を起《た》たせるものがある。こういうところがいわゆるバックボーンback bone（脊柱）である。これのないものは軟体動物である。そんな人間は、それこそこれまで地球の表面にはわせてやった小さないやらしい害虫の中でももっとも悪性の奴――The most pernicious race of little obious vermin that nature ever suffered to crawl upon the surface of the earth（『ガリヴァー旅行記』巨人国）というものであろう。

政正しからざれば即ち君位危く、君位危ければ則ち大臣倍《そむ》き、小臣窃《ぬす》む。刑粛《きび》しくして俗敝《やぶ》るれば即ち法・常なし。法・常なければ礼・列なし。礼・列なければ則ち士・事とせず。刑粛しくして俗敝るれば則ち民・帰せず。是を疵《し》国と謂《い》ふ。（礼運）

疵はきずであるから、疵国はきずものの国である。健全な国ではない。京大学生のように国家の元首を馬鹿野郎呼ばわりし、大臣は仲が悪く、官吏の汚職は続出し、刑罰の規定は多いが風俗は壊敗し、法は憲法まで変改を予想されて軽視され、制度に秩序なく（礼・列なし）、役人は真面目に仕事せず、民衆は帰服しない今の日本はまことに「疵国」である。この疵人、疵国をどうして健全にするか。真に多事の年である。

大徳は官せず。大道は器ならず。大信は約せず。大時は斉《ひと》しからず。この四者を察《あきら》かにする時は以て本に志すあるべし。（学記）

官とは一つの機能である。大徳はある一つの機能に限定せられるものではない。融通無《む》碍《げ》である。自由自在である。器は道具である。道は創造であり変化である。大道は大徳と同じ（徳の由って出《い》づるところが道である）ことはいうまでもない。大信は区々たる枝葉末節の約束などしない。時ほど信なるものはない。今日一日をとれば小時であるが、一年をとれば大時である。いかに寒かろうが熱かろうが、春がくれば寒が去り、秋がくれば暑が去ることに間違いはない。これ大信である。寒中にも小春日和あり、暑中にも清涼はあるが、それは小時の現象で、大信に狂いはない。大本が立っておれば末梢に拘泥する要はない。日本人も大本に志して毅然たるものがあれば、一時の敗戦や混乱のごときに敢《あ》えて驚く要はないのであるが、この大本立たずして、一時の平和の中立が何になろう。

人生きて而して静なるは天の性なり。物に感じて動くは性の欲なり。物至りて知知る、然《しか》る後に好悪《こうお》形《あらわ》る。好悪・内に節なく、知・外に誘はるる時は、躬《み》に反《かえ》る能《あた》はずして天理滅ぶ。夫《そ》れ物の人を感ぜしむること極まりなくして、人の好悪節なき時は、則ち是れ物至りて、人、物に化せらるるなり。人、物に化せらるるは、天理を滅して人欲を窮《きわ》むるものなり。是に於て悖逆《はいぎゃく》詐偽《さぎ》の心あり、淫佚《いつ》作乱の事あり。是の故に強者は弱を脅かし、衆者は寡を暴《あら》し、知者は愚を詐《あざむ》き、勇者は怯を苦しめ、疾病養はず、老幼孤独その所を得ず、此れ大乱の道なり。（楽記）

まるで今の日本人が責められている感があるではないか。自由とはわが自主性を確立して、物に化せられる、すなわち外物に弄ばれることのないことである。日本人はソ連に化せられ、独伊に化せられ、英米に化せられ、日本人たるの大自然の理、天理を滅して、まことにこの言の通りのあさましい現状である。同書に「仁以て之を愛し、義以て之を正す。此の如くする時は則ち民治行はる」とあるが、真に能《よ》くこの日本を生かそうとする大愛の精神を起して、道義を盛んにすることができれば救われるが、どうすればそれが可能であろうか。結局人によるほかはない。内閣や議会やどこかにそういう人が輩出するより外はない。それが容易に期待できぬとすれば、学問教育を正すことである。その力が新しく人を出す時を待つことである。これとて世の父母や教育者の自覚と努力如何《いかん》である。

号を発し、令を出だして民悦《よろこ》ぶ、之を和と謂ふ。上下相親しむ、之を仁と謂ふ。民その欲する所を求めずして之を得、之を信と謂ふ。天地の害を除去す、之を義と謂ふ。義と信と和と仁とは霸王《はおう》の器なり。民を治むるの意ありてその器なきは則ち成らず。

（経解）

号令を出すごとに民に異論あり。世を挙げて闘争に耽り、民の欲するところは求めても得られず。天地の害を多くす、と逆に列挙する方が当っているような国情では、いかにも眼前が案ぜられるではないか。

民は之に教ふるに徳を以てし、之を斉《ととの》ふるに礼を以てするときは、則ち民格《きた》る心あり。之を教ふるに政を以てし、之を斉ふるに刑を以てするときは、則ち民遯《のが》る心あり。故に民に君たる者、子のごとく以て之を愛するときは、則ち民之に親しみ、信以て之を結ぶときは則ち民倍《そむ》かず。恭以て之に涖《のぞ》むときは、即ち民孫《したが》ふ心あり。（緇衣）

徳をもってすると、政をもってするとは、どう違うか。この場合の政の意味は外面的規制のことである。たとえば公務員の整理という場合、役人もまた国民である。この生活困難の時節、一人といえども失職者は出さない。その代り真剣になって、公務員の各自が持場持場で冗費を節約して、国民の満足を得るようにしようではないかという風にやるのは徳である。予算をいくら節減するには公務員数を何割減らさねばならぬという風に数字的に行《や》るのは政である。

わかり易い徳が、どうしてこうもわかりにくいのであろうか。

唯《ただ》君子のみ能《よ》く其の正を好む。小人は其の正を毒《そこな》ふ。君子は多く聞き、質《ただ》して之を守り、多く志《しる》し、質して之を親しみ、精しく知り、略して之を行ふ。

貧賤を絶つを軽くして、富貴を絶つを重くす（はばかる）るは、則ち賢を好むこと堅からずして、悪を悪《にく》むこと著《あき》らかならざるなり。人は利せずと曰《い》ふと雖も吾は信ぜざるなり。（以上同前）（昭和二十七年一月）

道義政治 Ethocratie

年頭・経を読む。

善人・邦《くに》を為《おさ》むる百年ならば、亦《また》以て残に勝ち殺を去るべしと。誠なるかな是《こ》の言や。

（論語・子路）

孔子の言として有名な『論語』の一節であるが、痛く胸に響くものがある。二十世紀の今日になって、なんという残（虐）政が横行していることであろう。コンゴーのカタンガにおける戦い。ソ連共産党大会におけるフルシチョフ首相のスターリンに対する死屍に鞭うつ処置、自己の政敵の追放。ラオスやヴェトナムの現政状。チベット民族に対する中共政府の弾圧。キューバ革命政府の強権政治等々。これが文明の世に行われることかとつくづく慨嘆せざるを得ない。これを要するに。善人が邦を為《おさ》めておらぬ故である。支配者・指導者が根本的に入れ替らない限り、この残殺政治は救われないであろう。そして本当の平和はやはり百年かかるであろう。世の平和主義者は果してどれほど深く切実に考えておるであろうか。

孔子はまた、

如《も》し王者有りとも、必ず世にして後に仁ならん。(同前)

と云《い》っている。世は三十年である。王者と称すべき実力支配者が出現しても、真に民衆が相助けて平和・幸福を増進してゆく世の中を実現するには三十年かかるであろうというのである。厳しい事実であって、今日も同様に断ぜられる。

子・衛《えい》に適《ゆ》く。冉有《ぜんゆう》・僕たり。子曰く、庶なるかな。冉有曰く、既に庶なり。又何をか加へん。曰く、之を富まさん。曰く、既に富めり。又何をか加へん。曰く、之を教へん。(同前)

まるで今日の我が日本の国情にそのままあてはまることである。人間は増加した。経済成長は目ざましいものがある。これからは確かにいかに教えるかである。これがむずかしい。物質的建設や、経済の発達は、もともと人間たれしも本能欲望の上から直接希求することであるから、梶のとりかたさえ良ければ、どこの国でも成し遂げ易いことであるが、民を教えて、その精神的・道徳的進歩向上を実現することは至難である。しかしこれができねば、経済の発達・物質的繁栄などは、決して安心して維持されるものではない。
季康子《きこうし》・政を孔子に問うて曰く、如《も》し無道を殺して、以て有道に就《つ》かば何如《いかん》。孔子対《こた》へて曰く、子・政を為すに、焉《なん》ぞ殺を用ひん。子・善を欲すれば而《すなわ》ち民善ならん。君子の徳は風なり。小人の徳は草なり。草之《これ》に風を上《くわ》ふれば必ず偃《ふ》す。（論語・顔淵）
問者は魯《ろ》の大夫である。政権の座にある者は当然速功を求める。速功の最たるものは、中ソのように殺である。しかしそれはやはりいけない。あくまでも自ら善を求めることである。——ということはわかっておっても現実にはくたびれ易い。そこで始めてしみじみ味識されるのは次のことである。
子路《しろ》、政を問ふ。子曰く、之に先だち之に労せよ。益を請ふ。曰く、倦《う》むこと無かれ。（論語・子路）
子張・政を問ふ。子曰く、之に居つて倦む無かれ。之を行ふに忠を以てせよ。（同・顔淵）
身をもって率先努力し、倦むな。どこまでもまめやかに行《や》れということである。
むかし欧州でも、ライプニッツやメンケニーは、実践をともなわぬ思弁のないこと、徳のともなわぬ学識のないこと、学識をともなわぬ実権のないことを主張して、儒教に共鳴し、Ｐ・Ｈ・ディートリッヒも哲人政治論を主張し、道義政体論 Ethocratie を著したが、機械的・論理的に走った現代政治思想家はまた改めて歴史と古人に学ばねばならない。（昭和三十七年一月）

父と子

―孟子講話―

経書というものはそういうものですが、いや、それだから経書というのですが、何かの折に読返してみると、いつも始めて読むような新しい感動を覚えて、こんなことが書いてあったか、どうして今まで気がつかなかったのか、と思うことがたびたびあります。やはり学ばねばなりません。「悔ゆらくは十年書を読まざりし」とは、いくら書を読んだつもりでもまぬかれぬ感慨であります。過日もある友人、しかも老友で、かなり長く四書を読んできた人なのですが、子供のしつけに思い悩んで相談にきました。その折、何心なく私が次に掲げた『孟子』の言葉を引用しますと、彼は目を丸くして、なーるほど、そういえばそんなことが書いてありましたね。いやこれは恐れ入った。「論語読みの論語知らず」というが、私は孟子読みの孟子知らず。事によると、六十年も生きてきて、何一つ人生がわかっていないのかも知れませんねと歎息久しうした。かくいう私もずいぶん東西古今の学問をしてきたつもりで、年をとるほどだんだん愚になるような気がしてならない。これも一種の「耳順《じじゅん》」というものであろうか。

本文

父子の間は善を責めず。善を責むれば則ち離る。離るれば則ち不祥焉《これ》より大なるは莫《な》し。（離婁上）

「責めず」は「もとめず」でもよろしいが、「もとめず」と訓《よ》めば、もちろん責め詰《なじ》る気味を含んでいますから、やはり「せめず」でいいでしょう。父というものは子に対して、あまり道義的要求をやかましくするものではない。それをやると、子が父から離れる。父子の間が疎《うと》くなる。父と子の間が離れて、疎《うと》々しくなるほど祥《よ》くないことはない。そこからどんな不祥《わる》いことが生ずるかも知れないのである。――これは次のような孟子と弟子の公孫丑《こうそんちゅう》との問答の結語なのです。

公孫丑曰く、君子の子を教へざるは何ぞや。

孟子曰く、勢ひ行はれざればなり。教ふる者は必ず正を以《もっ》てす。正を以てして行はれざれば、之《これ》に継ぐに怒りを以てす。之に継ぐに怒りを以てすれば則《すなわ》ち反つて夷《そこな》ふ。夫《ふう》子我《し》に教ふるに正を以てす。夫子《ふうし》未だ正に出《い》でざるなりと。則ち是《こ》れ父子相夷《あいそこな》ふなり。

父子相夷ふは則ち悪《あ》し。

古は子を易《か》へて之を教ふ。（父と子の間は――）

経書は迂《う》だなどと決して言えたものではありません。これなど実によく世間の現実を把握したものではありませんか。立派な人がなぜ自分の子を教えないのか。それは、やろうたって、勢いやれないからである。父が子を教えるからには、必ず父自身これが正しいことだと信ずることを子に納得《なっとく》させ、実行させようとするのである。それだけに、それが行われないとすると腹が立つ。子に対して腹を立てれば反って打壊《ぶちこわ》しである。子供は子供で、なんだ阿父《おやじ》（夫子）、俺に道徳を責めるが、御自分様はなんでも御立派というわけでもないじゃないか、と内心おもしろくない。こうなると父子両方で打壊しである。これはいけない。

だから昔の聖人も子をとりかえて教えたものである。つまり他人に師事させたものである。――この次に前掲の文があるのです。

事実、世間の精神家といわれているような人の家庭を注意して観察しますと、案外その家庭の中に冷たい空気が漂っていたり、なんとなく暗かったり、主人公の知らない表裏があったり、倅がひねくれていたり偽善者であったりするものが少くありません。道徳は根本において真実でなければなりません。自然――誠でなければなりません。したがって、のんびりして、明るくなければならないのです。ぎこちなく硬《こわ》ばっていたり、陰気でじめじめしているのは決して真の道徳的正ではありません。

ところで、しからば父は子を教えることはできないか。他人の師に就《つ》けてやることは別として、少くとも父は子を放っておくより外はないかというと、そんなものでもありません。宋の王安石は厳しい革新政治を断行した激しい気象の人ですが、孟子のここの意味を釈《と》いて、『孝経』には「争子」という言葉さえある。（父の不義不正を諫争する子という意味で、喧嘩する子ではありません。）ただ、その争も善を責める意味ではなくて、盲従せずに正義を主張することで、父が子に対しても、正しくないことは戒めるだけであると申しております。というのは元来父子の間というものは、同じ人間関係（人倫）の中でも、師弟や朋友の間と違って骨肉、すなわち血を分けた間柄、より多く自然的関係でありますから、情愛・恩愛が本領で、理性による批判や抑制である正とか義とかを建前にすべきではないからであります。

孟子にはまた次のような好い問答もあります。（離婁下）

公都子曰く、匡《きょう》章は通国皆《みな》不孝と称す。夫子《ふうし》之と遊び、又従つて之を礼貌《れいぼう》す。敢《あえ》て問ふ、何ぞや。

孟子曰く、世俗いはゆる不孝なるもの五あり。其の四支を惰《おこた》り、父母の養を顧みざるは一の不孝なり。博奕《ばくえき》して飲酒を好み、父母の養を顧みざるは二の不孝なり。貨財を好み、妻子に私して、父母の養を顧みざるは三の不孝なり。耳目の欲を従（ほしいまま）にして以て父母の戮《りく》（はずかしめ）を為《な》すは四の不孝なり。勇を好み闘佷《とうこん》（けんか、あらそい）して以て父母を危ぶましむるは五の不孝なり。章子は是に一《いっ》有るか。夫《か》の章子は、子と父と善を責めて相遇《あいあ》はざるなり。善を責むるは朋友の道なり。父子・善を責むるは恩を賊《そこな》ふの大なる者なり。

孟子の説明で見ますと、匡章は（斉の人）父と意見が合わず、勘当されて父に近づくことができなかったために、自分がぬくぬく妻子と家庭生活をしては父にすまないと考えて、孤独生活していた人のようであります。それでも父と争って家を出たというので、国中の人々が不孝者としたと見えますが、それと交際して、その上に敬意まで表するとは、先生一体どういうお考えか、と公都子が問うたのも当時として有りそうなことです。

それに対して孟子が不孝の種類を五つ挙げて、その一つでも彼にあるか。ないではないか。彼ら父子は要するに善を責めてお互いにぴったりゆかないのである。善を責めるのは朋友の道である。父と子が善を責めあうのは恩愛を賊《そこな》うの大なるものである、と答えているのは実に明快な論断であります。夫婦の道もこれに準ずべきものでありますが、夫婦は父子とは違って、本能的関係に加うるに朋友的要素もありますから、いくらか、それもなるべく最初のあいだに、やさしく善を責めることも必要でありましょう。父子の間について私の好きな一佳話があります。

晋の名相・謝安《しゃあん》の夫人が児を教えながら、平生一向《いっこう》に夫がわが児を教えないのに不満であったとみえまして、貴方は始めから児を教えなさるところを見たことがありませんね、とからみました。ところが謝公曰く、我れは常に自ら児を教ふ。（世説新語・徳行）これある哉《かな》であります。いつも一緒にくらしているのですから、二六時中お手本を示しているのです。別にこと新しく説教するまでもないのです。『孟子』には時々堪《たま》らなく嬉しい大文章がありますが、父子についても、こういうのがあるのであります。

孟子曰く、天下大いに悦《よろこ》んで、将《まさ》に己れに帰せんとす。天下の悦《よろこ》んで己れに帰するを視《み》ること猶《な》ほ草芥《そうかい》のごときなり。惟《た》だ舜《しゅん》のみ、然りと為《な》す。親に得ざれば以《もっ》て人たるべからず。親に順ならざれば以て子たるべからず。舜は親に事《つか》ふるの道を尽《つ》くして、瞽瞍《こそう》・予《よ》(よろこび)を底《いた》す。瞽瞍・予を底して天下化す。瞽瞍・予を底して天下の父子たる者定まる。此《これ》を之れ大孝と謂《い》ふ。

瞽瞍は両字とも盲《めしい》のことですが、これは舜の父、頑迷不霊で有名なその父の名とされていますから、舜ほどの子をわからずに憎んで苦しめたよくよくの「わからず屋」という意味でしょう。しかるに舜は天下の衆望が一身に集まることなど何とも思わず、それよりたった一人のその頑迷不霊な父から悦ばれる方が嬉しいという人であります。その孝行が遂にそれほどのわからぬ父を感化して、舜を悦ぶようになりました。これこそ天下も化するものです。そして子の父に対する道の至極《しごく》はここが動かぬところであります。世間には人の評判や出世ばかり考えて、名士たることを誇りながら、案外料亭の女将《おかみ》や女中から馬鹿にされていたり、家人や旧友から鼻つまみにされている人々が少くありませんが、そういう人々が名士になれるあいだは、とうてい世の中に真の平和と文化とは到来しないのであります。(昭和二十六年四月)

どれにあたるか（荀子抄講）

―勤《つとめ》人と浪人―

孔子より百余年にして孟子あり、孟子よりまた百余年にして荀子《＊じゅんし》があります。孟子は当時理想主義の代表者でありますが、荀子はこれに反して現実主義、客観主義の傾向が著しく、孟子と好対照をなしております。

＊荀子、名は況、趙《ちょう》の人。青年時代、当時思想言論の中心地であった斉（山東）の稷下《しょくか》に出て、次第に重きをなし、その後楚《そ》に赴《ゆ》いて、有名な春申君に用いられ、蘭陵《らんりょう》の令となり、晩年ここに閑居して卒《おわ》った。儒教を研究する者は多く四書五経に偏して、荀子を閑却する者が多いが、これは孟子と併せて必ず研究すべきものであります。

ここに『荀子』の書中、有名な「非十二子篇」より一節を採《と》って、古今を照合しながら省察する資料とします。

古の所謂《いわゆる》士の仕ふる者は、敦厚《とんこう》なる者なり。群を合する者なり。富貴を楽しむ者なり。

分施を楽しむ者なり。罪過に遠ざかる者なり。事理を務むる者なり。独富を羞《は》づる者なり。

この文では、今日の言葉で言いますと、勤人というものと、浪人というものとの古今の相違を比較して列挙しておるのであります。勿論「古」といい、「今」というのは、シナ思想に通有の、「古を尚《とうと》び、今を卑しむ考え方」であるには相違ありませんが、これは必ずしも一概に排斥せられるような非科学的な考え方ではなくて、過ぎたるものは美しという人間感情の通性にしたがって、「古」に理想的意味を、「今」には実存的意味を寓したものであります。

そういう意味で、昔の勤人には七種の型があったが、今は六種の型があるというのです。前者の七種というのは次のようなものです。

(一)は、「敦厚なる者」。思想から、情意から、風格から、すべて人間味ゆたかな者です。

(二)は、「群を合する者」。ともすれば対立し、疎隔し、抗争し易いところの多勢の人間をよくまとめることのできる者、つまり私がなくて、親切なのです。

(三)は、「富貴を楽しむ者」。富貴を楽しむというと、何だかそれこそブルジョア的だ、封建的だと考えられ易いでしょうが、そんな意味ではありません。「楽しむ」ということの正しい意味は、単なる欲望の満足感をいうのではなく、良識のもとに洗練調和された感情のことであります。だから富貴を楽しむということは、自分が得ている富や地位を十分活《い》かして良心的に満足を感ずる情態をいうのであります。世人はたいてい無理して富や地位を獲得したり、まぐれあたりにそれらを拾得したりして、その維持に苦悩したり、罪をつくったり、恥をかいておるものが案外に多いのではありますまいか。

(四)は、「分施を楽しむ者」であります。なんらかの役を勤めて、俸禄を受ける者は、たとえその収入が人に分《わか》てるほどはなくとも、心がけ次第ではずいぶん人のためにその地位身分を活かして恵を分つことができるはずです。

(五)は、「罪過に遠ざかる者」であります。勤めを持つ人々は、進んで罪過を犯さずとも、知らず識らず罪過になるようなことを狎《な》れ犯しておるものです。たわいないことをいえば、近頃流行の料理屋びたりから、麻雀勝負、大きな例をいえば、国家権力を濫用したり、無為無能者が高位要職に坐して国政を誤ったりするようなことにいたるまで限りもありません。

(六)は、「事理を務むる者」であります。事理とは抽象的な論理や、単なるイデオロギーとはちがって、具体的な事実についての理法のことです。われわれはとかく問題があると、感情や偏見や利害に動かされて処理しがちなものです。どんな場合にも冷静に着実にその問題の正しい理法を研究して、それにしたがって、処理しようとすることは大切なことであります。

（七）は、「独富を羞づる者」であります。自分一人うまいことをしようとするのはとくに現代の悪弊ではないでしょうか。世の中が暮しにくくなるほど、何とかして自分だけはうまくやってのけたいとあせる人々が多くなって、その結果は皆が困るというのは、何という文明の恥辱でしょう。

後者の現代型は、

今の所謂士の仕ふる者は、汚漫《おまん》なる者なり。賊乱なる者なり。恣睢《しき》なる者なり。貪利なる者なり。触抵《しょくてい》なる者なり。礼儀無くして唯だ権勢を之れ嗜《この》む者なり。

（一）「汚漫なる者」。根性の汚ならしい、ちゃらんぽらん（漫）な人間のことです。

（二）「賊乱なる者」。なんでも打ち壊したり、ひっかき回したがる者です。

（三）「恣睢なる者」。勝手気ままで、他人に迷惑をかけることを何とも思わぬ者です。

（四）「利を貪る者」。地位を利用し、職権を利用し、何かにつけて利をむさぼる者です。

（五）「触抵なる者」。俗にいう天《あま》の邪鬼で、すなおに物事を受け入れることができず、人と円満に調和することができなくて、一応文句をつけないでは済まされぬ、そういう人間がよくあるものです。

（六）「礼儀無くして唯だ権勢を之れ嗜む者」。いわゆるアプレ・ゲールの成功者などにこの型の通りの人間が少くありません。酒や女はまだ罪がなく、利を貪るのも害は見えすいて始末がやさしいが、この下品で教養がなくて、そのくせ権勢欲の強い、むやみに威張りたがる人間ほど始末の悪いものはありません。デモクラシーの名の下にこんな連中が出世しては民衆がたまりません。

勤人についてと同様、浪人も昔と今とすっかり違っています。元来浪人というものは、運が悪くて勤め口を得ないか、人物ができていて、しかしながら型に嵌《はま》らないために、どこにも勤めようとしないか、あるいはえらそうなことを言っていても、実は真面目な手堅い勤人生活のできないためか、いろいろ実質は違いますが、きまりきった勤め口など持たぬ点ではいづれも同じです。その中でも昔の浪人には次のような偉いのがありました。

古の所謂処士なる者は、徳盛んなる者なり。能く静かなる者なり。修正なる者なり。命を知る者なり。時を著《あきら》かにする者なり。

（一）「徳盛んなる者」。徳がある程度以上盛んでありますと、よくよくのことがなければ、めったに勤めなどには出られません。
(二)「能く静かなる者」。いくら浪人していようが、一向《いっこう》じたばたせず、落ち着いている者です。
(三)「修正なる者」。浪人して生計が苦しくとも、ちゃんと品格を崩さず、言行の正しい者です。貧して貪する者の好対照です。
(四)「命を知る者」。盲滅法、軽挙妄動などすることなく、自分についても、時世についても、絶対的なるものをよく諦観して惑わぬ者です。
(五)「時を著《あきら》かにする者」。浪人はしていても、否《いな》、浪人であればこそ、一地位、一職能に限られて、狭い視野しか持たず物事の一面しか分らない勤人に反し、なんら捕えられることなく時世というものを洞察して、その真相を把握している者のことです。実際政治は古来どれほどよく浪人の示唆や煽動、奇抜な着想、屈託のない調和などによって動かされたか測り知れぬものがあります。役人はきまりきった事務はよくとれるが、活きた政治が分らないのが常です。
こういう浪人はまことに尊重すべきものですが、今の浪人になると、そんな権威力量はとんとなく、今の所謂処士なる者は能無くして能と云ふ者なり。知無くして知と云ふ者なり。利心足ること無くして欲無しと佯《いつわ》る者なり。行為険穢《けんわい》にして、強ひて高言謹愨《きんかく》なる者なり。俗ならざるを以て俗と為し、離蹤《りしょう》して跂訾《きし》する者なり。

（一）「能無くして能と云ふ者」。何の役にも立たないくせに、一かど役に立つ者のように言い触らして頭《ず》ばかり高い人間です。

（二）「知無くして知と云ふ者」。頭も悪いくせに、何でも知ったかぶり、中には策士を気どるような者にこれが少くありません。

（三）「利心足ること無くして、欲無しと佯る者」。浪人にはこの型が実に多いようです。金も位も要らんのだと広言しながら、実は何かになりたくてむずむずしており、金が欲しくてがつがつしておる。

（四）「行為険穢にして、強ひて高言謹愨なる者」。柄《がら》にもなく天下国家を論じ（高言）たり道徳正義をもって任じながら、その為すことは陰険で汚らしい人物、共産党員などによくある型です。

（五）「俗ならざるを以て俗と為し、離蹤して跂訾する者」。何か世間の常識はずれの奇矯な振舞いをしたり、人の思いがけない悪評などを放言して、自分で偉い人間のような気でおる者——などが沢山おります。

以上『荀子』に列挙してあるのですが、私共の今日も、こういうことは少しも変らぬようであります。そして静かに味読していますと、自己の身辺からして天下の人物にいたるまで、忠奸真贋《ちゅうかんしんがん》が昭々として映るではありませんか。（昭和二十六年十月）

出処進退

―社会に生きる道について―

これは『近思録《きんしろく》』の出処類より抄出したものである。『近思録』は徳川時代から明治時代を通じて弘く読まれたもので、日本人の教養に深く融けこんでいるものの一である。近思という題名からも明らかなように、朱子（晦庵）が呂子（東萊）と謀って、とかく高遠ということを誤って空理空論に馳せたがる若い者のために着実な実践道徳の学にみちびこうとする親切な志から、先儒の説を、道体・為学・致知・存養・克己・家道・出処・治体・治法・政治・教学・警戒・弁異端・観聖賢の十四に分類編述したもので、古来王陽明学派の『伝習録《でんしゅうろく》』と併称されるものである。ここに抄出したものはすべて現代のわれわれにも痛切に響くものばかりである。

一

人多く言ふ、貧賤に安んずと。その実は只《ただ》是れ計窮し力屈し、才短にして営画する能《あた》はざるのみ。若《も》し稍《やや》動き得ば、恐らくは未だ肯《あえ》て之に安んぜじ。

人々はよく貧賤に安んずというが、その実は計窮し、力屈し、才短かくして、どうにもこうにもならぬのにすぎない。もし何とかなるなら、恐らく安んじてなどはいまい。本当に道義真理が利欲よりも楽しいことを知ってこそできることである。

二

趙《ちょう》景平問ふ、子罕《まれ》に利を言ふ。所謂《いわゆる》利なるものは何の利ぞ。曰く、独り財利の利のみならず。凡そ利心有れば便《すなわ》ち不可。如《も》し一事を作《な》すに、自家穏便の処を須尋《しゅじん》するは皆利心なり。聖人は義を以て利と為す。義の安んずる処便ち利と為す。

『論語』に、「子罕《まれ》に利を言ふ」とあるが、その利は何を意味するのであろうか。それは単に財利の利ばかりではない。何事によらず利心があるのはよくない。ある事をするのに、自分に都合のよいようにやってゆこうとするのはみな利心である。聖なる人は義をもって利とする。こうすることが義だとおちつくところが利というものである。

三

夫《そ》れ人自ら貧賤の素に安んずる能はざれば、則ちその進むや乃《すなわ》ち貪躁《どんそう》にして動き、貧賤を去らんことを求むるのみ。為すあらんと欲するに非ざるなり。既にその進を得れば、驕溢《きょういつ》するや必《ひっ》す。故に往けば則ち咎《とが》有り。賢者は則ちその素を安履《あんり》す。その処《お》るや楽しみ、その進むや、将《まさ》に為す有らんとするなり。故にその進を得れば則ち為すありて而して善ならざるなし。若《も》し貴からんと欲するの心と道を行ふの心と中に交戦すれば、豈《あ》に能くその素を安履せんや。(易経・履卦参考)

人間がその自然の境遇である貧賤に安んじておれないと、欲を出して躁《さわ》ぎまわるが、それは何とか貧賤をかたづけようとするにすぎない。何か志をなしとげようとするのではない。うまく進《の》びることができると、思いあがって分に過ぎたことをやりだすにきまっている。そこでそのままゆくと必ず咎がある。

賢者は安んじて自然の境遇にしたがうものである。楽しんで生活し、進《の》びるときは何か志をなしとげようとするのであって、善からぬことはない。もし出世しようとする心と道を行おうとする心とが自己の中に交戦すれば、どうして自然のままに安んじて実践することができようか。

四

君子の時を需《ま》つや安静にして自ら守り、志須《ま》つありと雖《いえど》も而《しか》も恬然《てんぜん》として将《まさ》に身を終へんとするが若《ごと》し乃ち能く常を用ふるなり。進まずと雖も而も志動く者はその常に安んずる能はざるなり。

君子が時節の到来を待つには、安静にして自ら守り、志の行われる時を待つには相違ないが、そのまま一生を終っても平気なような風である。これが能く常（恒）を用うというものである。じたばたしないようでも志の動揺する者は、その常に安んずることができないものである。

（注）常（恒）を用うということは平常心に生きること、ふだんとちっとも変らずにくらすことである。（易経・需の卦参考）

五

君子困窮の時に当り、既にその防慮を尽して而も免るるを得ざるは則ち命なり。当《まさ》にその命を推致して以てその志を遂ぐべし。命の当然を知らんか、則ち窮塞《そく》禍患も以てその心を動かさず。吾が義を行ふのみ。

君子が困窮に際しては、これを防ぐできるだけの思慮をつくしても免れられない時は、それは命というものである。そういう時は、その命を十分理解して、善く生きようとする志を遂げねばならぬ。命の当然を知れば、いかなる窮厄もその心を動かさない。わが義をおこなうだけである。もし命を知らねば険難におそれ、窮厄に捕えられて、守るところをなくしてしまう。どうしてその善く生きようとする志を遂げることができるであろうか。

六

人の患難に於けるや只《ただ》一箇の処置あり。人謀を尽すの後は却つて須《すべから》く泰然として之に処すべし。人一事に遇《あ》へば則ち心々念々肯《あえ》て捨てざるあり。畢竟《ひっきょう》何の益かあらん。若《も》し処置し了《おわ》つて放下するを会せずんば便ち是れ義を無《な》みし命を無《な》みするなり。

人間は患難にのぞんでただ一箇の処置がある。考えられるだけの謀を尽してのちは泰然としてこれに処することである。何か問題にあうと、そのことばかり気にかけている人があるが、畢竟何の益があろう。もし手をうってしまえばもう気にかけないことを理会しなければ、つまり義をも命をも知らないものである。

七

天下の事、大患は只是れ人の非笑を畏るることなり。車馬を養はず、食麤《そ》、衣悪、舎貧賎なれば、皆人の非笑を恐る。当に生くべくんば則ち生き、当に死すべくんば則ち死し、今日万鐘、明日之を棄て、今日富貴、明日飢餓するも亦恤《うれ》へず。惟《た》だ義の在る所のままなるを知らず。

世間のことで、大なる患いはたった一つ、人から誹《そし》り笑われるのを畏れることである。乗物ももたず、粗衣粗食で、ろくな住居もないと、人から馬鹿にされやせんかと気になるのである。実は生くべくんば生き、死すべくんば死し、今日の厚禄も明日は棄て、今日は富貴でも、明日は飢えても恤《うれ》えない。ただ義のままであるべきを知らないのである。

八

賢者は惟だ義を知るのみ。命その中に在り。中人以下は乃ち命を以て義に処す。之を求むるに道あり。之を得るに命あるは、是れ求めて得るに益なしと言ふが如き(孟子・尽心章上）、命の求むべからざるを知る。故に自ら処するに求めざるを以てす。賢者の若《ごと》きは則ち之を求むるに道を以てし、之を得るに義を以てす。必ずしも命を言はず。

賢者はただどうすることが義かということを考えるだけである。命はその中に在る。中人以下は命ということからやむなく義を考える。富貴のように、これを求めるにはそれだけの道がある。さりとて果してそれを得るかどうかは命というものによる。それは求めてもわが内に在るものではなく、外に在って、自分の自由にならないものであるということを孟子も説いているが（尽心章上）賢者になると、求めるに道をもってし、得るに義をもってし、必ずしも命を言わない。

九

問ふ、家貧にして親老いたり。挙に応じて仕を求めなば、得失の累《るい》有るを免れじ。何を修めてか以て此《これ》を免がるべき。伊川《いせん》先生曰く、此れ只是れ志気に勝たず。若し志勝てば自ら此の累無し。家貧しくて親老いたらば、宜しく禄仕すべし。然れども之を得ると得ざるは命ありと為すと。曰く、己れに在《おい》ては固《もと》より可。親の為には奈何《いかん》せん。孔子曰く、己れの為も親の為もまた只是れ一事。若し得ずんば、それ命を如何せん。孔子曰く命を知らざれば以て君子たること無しと。人苟《も》し命を知らざれば、患難を見ては必ず避け、得喪に遇うては必ず動き、利を見て必ず趨《はし》る。それ何を以てか君子と為さん。

家が貧しくて親が年とりました。試験を受けて役人になろうとすれば、成功だ失敗だの累があるのを免れませんが、どう修養すればこれを免れられましょうかと問う者があった。程《てい》伊《い》川《せん》先生の話に、それは要するに志が気に勝たないからだ（理想が情欲に勝たないからだ）。志が勝てば自然にそんな累はない。家が貧しくて親が年とれば役人になるもよい。しかし得失には命がある。するとその者がまた言った、私はそれでかまいませんが、それでは親のためにどうでしょうかと。先生曰く、自分のためも、親のためも要するに同じだ。うまくゆかぬ時は命ならどうにもならぬ。孔子も「命を知らざれば以て君子たることなし」（論語・堯曰）といっておられる。人はもし命というものを知らぬと、患難を見ては必ず避け、得喪に遇うては必ず動き、利を見ては必ず趨《はし》る。それではどうして君子とされようか。

十

寒士の妻、弱国の臣、各々その正に安んぜんのみ。苟《も》し勢を択《えら》んで従はば、則ち悪の大なる者にして、世に容《い》れられじ。

寒士（貧士）の妻や弱国の臣は、おのおのその正に安んじさえすればよい。もし勢いのよい方を択《えら》んでそれにしたがうならば、それは悪の大なるもので、世に容《い》れられるものではない。（昭和二十五年三月）

呂新吾

事業訓

明の呂新吾《ろしんご》（名は坤《こん》・字《あざな》は叔簡《しゅくかん》・号は新吾、一に心吾に作る。一五三六―一六一八）とその名著『呻吟語《しんぎんご》』は大塩中斎が感歎激称して以来だんだん世に知られ、われわれの間では私が久しく講説したり、明徳出版から故公田連太郎氏の訳注を刊行したりして、大分《だいぶ》弘く有識者に重んぜられるようになった。近来経営学の流行が、ともすれば手段に馳《は》せ、『孫子』などを悪用する傾向まであるのに眉をひそめることも少くないので、ここにその『呻吟語』中から若干抜萃して、有志の参考に供する。

三　実

実言、実行、実心は、人を孚《ふ》せざるの理なし。

孚は鳥が卵をかえす意であり、そこから「やしなう、そだつ」意の動詞に使い、名詞の

「まこと、信」にもなる。この三実は、時とともに確かに人の心から真実のものをかえし育ててゆくものである。

三眼

道眼は是非の上に在つて見る。情眼は愛憎の上に在つて見る。物眼は、別白する無く、渾沌《こんとん》たるのみ。

物眼は物質的・功利的にのみ見ることである。それは物を他からはっきり区別することができない。わけのわからぬものになってしまう。欲望や打算や疑惑が強いほどそうなる。人間には更に根強い感情というものがある。これが心の論理といわれるほど物の見方に影響する。それには愛憎の影がさす。惚れりゃ痘痕（あばた）もえくぼに見えるし、憎けりゃ菩薩《ぼさつ》も夜叉《やしゃ》に見える。大慈大悲の情眼はなかなか開けるものではない。しかし有情の眼をもって見る世界は文学であり、芸術である。誠の情眼に沾《うるお》うて高い理性が澄み出てくる。これによって物事の真の是非の判断がつくようになる。これが道眼である。

仏家に五眼（智度論）・十眼（華厳経）の説がある。肉眼・天眼・慧眼・法眼・仏眼を五眼とし、これに智眼・光明眼・出生死眼・無碍《むげ》眼・一切智眼（普眼）を加えて十眼とするが、五眼で十分である。天眼は肉眼の見ることのできない無碍の作用、前と同時に後を、外と同時に内を、昼と同時に夜を見る等の能力であり、慧眼は現象にとらわれず、本体を照見する、すなわち法空無相の理を見る智慧。法眼は衆生を済度するためにあらゆる法門を観ずる菩薩の智慧、仏眼はその至れるものである。

三然

当然あり、自然あり、偶然あり。君子は其の当然を尽し、其の自然に聴《まか》せ、而して偶然に惑はず、小人は偶然に泥《なず》み、其の自然に払《もと》り、而して其の当然を棄つ。噫《ああ》偶然は得べからず、其の当然なる者を弁《あわ》せて之を失ふ。哀しむべきなり。

風邪がはやる、自然である。風呂にはいって薄着のままうろうろする。風邪をひく、当然である。別に当然と思う何の手当もしないのに風邪が治った、これは偶然である。しかしよく考えれば偶然は当然に対する迂闊《うかつ》である。当然の因果に対して気がつかぬだけのことで、治るには治るだけの当然があるのである。体力が強かった。不養生をしなかった。元気に活動していた。それは当然であるとともに自然である。当然は自然の中にある理法の認識自覚にほかならない。これを正しく覚るのは君子であるが、小人はそれを覚らず、無事をよいことにして（泥《なず》む）、自然に反することを無思慮にやってのける（棄当然）。いつもそれで無事にすむものではない。こんなことがわからないのである。

四字箴

明白簡易、此の四字は之を終身に行ふべし。心機を役《えき》し、事端《じたん》を擾《みだ》すは、是れ自ら劇網に投ずるなり。

何でも物事ははっきりさせて、いりくんだ・しちむずかしいことのないようにと一生心がけねばならぬ。わざわざ気をつかって、物事の始まりからごたつかせるのは、自ら繁劇という網にひっかかることである。

事件と自己

事に先だちては、体怠《おこた》り、神昏《くら》く、事到れば、手忙しく脚乱れ、事過ぎては、心安んじ意散ず。此れ事の賊なり。

某応酬《おうしゅう》する時、一大病痛あり。毎《つね》に事前に於て疎忽《そこつ》にして事後に点検し、点検して後輒《すなわ》ち悔吝《かいりん》す。間時に慷懶《こうらん》にして忙時に迫急し、迫急して後輒《すなわ》ち差錯《ささく》す。

大率《おおむね》我が輩、是れ事・心を累《わずら》はすに非ず。乃《すなわ》ち是れ心・心を累はすなり。一謹之《これ》を能くせず、無益の謹を謹しむ。一勤之を能くせず、及ぶ無きの勤を勤む。此に於て心倍《ますます》苦しむ、而して事に於ては反つて詳ならず。昏懦《こんだ》甚し。

仕事に当る人間自身のありがちな弱点をよくつかんでいる。問題の起る前はぼんやり怠けていて、問題が起ると、ばたばたしたり、うろうろする。そのくせ問題が何とかかたづくと、やれやれとばかりに又うっかり過してしまう。それだから物事をだめにしてしまうのである。

もっとよくしらべておくのだったと、いつも事後になって気がついて、くよくよ・こせこせする。閑な時にやっておけばよいものを、なまけてしまって、忙しくなるとせかせかする。そしてはあやまりをしでかす。

大抵我々《われわれ》は物事が心をわずらわすのではなく、わが心が心をわずらわすのである。ちょっと謹しめばよいものを、それができず、いらざる謹しみを謹しみ、ちょっとの努力（勤）を能くしないで、できもせぬ努力を行って、心ますます苦しんで、しかも問題を好い加減にしてしまう。ばかなことだ。

失敗のくり返し

語に曰く、一たび錯《あや》まれば二たび誤まる。最も好く理会せよと。凡そ一たび錯まる者必ず二度誤まるは、蓋《けだ》し錯まれば必ず悔《く》い作《は》づ。悔い作づれば則ち心・悔ゆる所に凝《こ》り、他を思ふに暇《いとま》あらず。又一事を錯まる。是れを以て無心にして一錯を成し、有心にして二誤を成すなり。礼節・応対の間、最も此の失多し。苟《も》し錯処あれば、更に宜しく鎮定すべし。忙乱すべからず。一たび忙乱すれば則ち相因《あいよ》りて錯まる者窮まりなし。

錯という字は、いりまじる、みだれる、そこで、まちがう、あやまつということにもなるので、そういう意味に用いる。「婢女・主公の錯愛を蒙《こうむ》つて、主婦の妬腸《とちょう》に触《ふ》る」（福恵全書・庶政部）などというおもしろい用例がある。誤は言《ごん》べんでわかるように、言葉のあやまりで、謬（びゅう）と同じである。謬は糸へんの繆（びゅう。糸のもつれ）に通じ、狂人のたわごとである。

一錯二誤をどっちも「あやまる」で、同字をさけて異字を使ったのかも知れないが、わざわざ考えて使いわけたとも見られる。すなわち最初のあやまりは問題をとりちがえたのであるが、それでうろたえて、とんでもないことを言い出したり、正気の沙汰でないことを言うにいたるという深意で誤の字を使ったと解される。

要するに、あやまてば、おちつける（鎮定）ことである。うろたえてせかせか（忙乱）してはならない。

因循と果決

天下の事を幹《おさ》むるには、期限を以て自ら寛《ゆる》うするなかれ。事には不測あり。時には不給（たらざる）あり。常に期限の内に余りあれば、多少受用の処あり。

果決《かけつ》の人は忙に似て、心中常に余閑あり。因循《いんじゅん》の人は間《ひま》に似て、心中常に余累《よるい》あり。

君子事に応じ物に接するに、常に心中従容《しょうよう》として間暇の時あるを得ば便《すなわ》ち好《よ》し。若《も》し応酬する時労擾《じょう》し、応酬せざる時牽挂《けんかい》（懸案にしておく）するは、極めて是れ喫累《きつるい》的（わずらいのたね）なり。

万弊には都《すべ》て箇の由来あり。只枝葉を救ふ甚《なに》事をか成し得んや。

幹事とは使いならされた言葉である。『易経』蠱《こ》の卦に出づるものであるが、枝葉を統合する幹《みき》のように、煩わしい物事を心棒になって持ち運んでいくことである。一時の事務取扱いのことではない。

期限までまだ間があると思うのがよくない。何事によらず、てきぱきさばいてゆけば余裕ができる。いつでも余裕綽々《しゃくしゃく》で事に当りたいものである。あらゆる弊害は枝葉に捕われず、直ちに根本に斧鉞《ふえつ》を入れよ——まことに適切な訓である。

自己と相手

凡そ言を聴くには先づ言者の人品を知らんことを要す。又言者の意向を知らんことを要す。又言者の識見を知らんことを要す。又言者の気質を知らんことを要す。則ち聴くこと爽《たが》はず。

人を見ないで、話に乗る。ことにうまい話をもちかけられると、よくのせられるのが世の常である。たしかに人品・意向・識見・気質、この四者を観察してやれば、まず間違いはあるまい。間違っても悔いるにあたらぬ。提唱される話が正しければ、この四者において首肯できなくても、自分の確信と責任において取り上げねばならぬこともある。

輿論と公論

公論は、衆口一詞の謂《いい》に非ざるなり。満朝皆非にして、一人是《ぜ》なれば、則ち公論は一人にあり。

輿論《よろん》というものは尊重されねばならない。しかし輿論即《そく》正論、あるいは真論・卓論と思っては大きな誤りである。輿論とは何か。輿は「くるま」「こし」であり、衆人を乗せるものであるから、衆の意に用いられる。輿論とは衆論である。単に多数の満足に従うのならば、それまでのことであるが、何が公正であるかという価値の問題になると、皆が賛成するということではない。たとえ朝廷の人々が皆まちがっておって、ただ一人正しければ、公論はその一人にあるというのである。『左伝』成公六年、楚《そ》国の鄭《てい》国侵略の条に、

楚、鄭を伐《う》つ。晋《しん》之を救ひ、楚師（楚の軍隊）と遇《あ》ふ。諸将皆戦はんと欲す。三卿之を不可とす。大将欒《らん》武子之に従ふ。或るひと曰く、子盍《なん》ぞ衆に従はざる。子は大政たり。民に酌《はか》らんとする者なり。子の佐（輔佐役）十一人。其の戦ふを欲せざる者は三人のみ。戦を欲する者衆《おお》しと謂ふべし。商書に曰く、三人占ふ、二人に従ふと。衆の故なり、武子曰く、善鈞《ひと》しければ衆に従ふ。夫れ善は衆の主なり。三卿は主たり。衆と謂ふべし。之に従ふ亦《また》可ならずや。

とあるが呂氏の見識の一典拠であろう。（昭和三十八年十一月）

慎思録を読む

思いがけなく逢うということは、意味深いことである。人間の意欲とか期待とか思索とかいうものの案外たわいないことをよく経験する。今朝急に欲しい書を得ようと思って、ふと本郷の書肆《しょし》にたちよった途端に、『慎思録講話《しんしろく》』貝原益軒《かいばらえきけん》著という革表紙の一書に出会った。「やあ、しばらく」と、思わず心がささやいた。貝原益軒（寛永七年・一六三〇―正徳四年・一七一四）という先生は本当に大道坦々《たんたん》というような人である。別段、逸思奇趣のようなものはないが（本人は決してそうではあるまいが）、決して平凡ではない。否、頭の下がる了凡の人である。長く損軒と号して、最晩年にあえて益軒と号した。もちろん易の損益の卦に深く根ざすものである。慎思録はその最晩年の著で、『中庸《ちゅうよう》』の博学・審問・慎思・明弁・篤行というその慎思に基づくことはいうまでもない。先生の学はまったく他に捕われない、自己本然の明徳に徴して行われたもので、読者も人生の辛酸甘苦を嘗《な》めつくして淡の境致に入った人ほど快を覚える書である。手にしたこの書も普通ならば誰某著とか訳解とかあるはずなのに、表紙に何も入れてない。中の扉にはじめて「貝原益軒著」に並べてやや小さく「川瀬知由起講述」とあって、まことにゆかしいことだと思った。昭和六年の刊で、いかなる人かもわからない。講述は一見して、いわゆる学者の作でなく篤志家の著である。早速買って帰ってその夜披見するうち、とうとう全篇を通読してしまって、なお記念のため、その幾章かとくに感興を新たにしたものを記録しておくことにした。

今の学者大率《おおむね》人の不善を責むるの意思常に多くして、己れの不善を責むるの意思常に少し。此れ聖賢を以て人を律し、衆人を以て己れを待つといふ。是を以て学を為す者、終《つい》に己れに益なきなり。

学ぶ人がすでにそうである。まして一般世人はますますそれがはなはだしい。現代では、国家間、とくに共産国家が他国に対してもっともはなはだしい点である。結局、彼らにも決して真のプラスにはならないのだが。

学問の二要あり。其の未だ知らざる所を知り、其の已《すで》に知る所を行ふのみ。

実践ということがなければ要するに知的遊戯になってしまう。薄い、未熟な、大脳皮質のコンピュートになってしまう。行う・行ずるということで、初めて理論も考察も人間的に特殊な活作用になるのである。この簡単な二要がなんと閑却されておることであろう。

学者は庸人の毀誉に因つて喜慍《うん》を為《な》すべからず。吾が行ふ所の得失の如きは、当《まさ》に聖人の道を以て準と為すべし。

苟《いやしく》も学ぼうという者が、つまらぬ人間の批評などに喜んだりむっとしたりするほど器量のないものはない。自分の行ったことのプラス・マイナスは、うんと標準を高くしなければならない。そうすれば人物のできることはいうまでもない。

孟子曰く、不仁者は与《とも》に言ふべけんや。其の危きに安んじて其の菑《さい》（わざわい）を利とし、其の亡ぶる所以《ゆえん》の者を楽しむと。蓋《けだ》し不仁者は必ず不知なり。何となれば則ち不仁の人は其の本心を失うて而して是非の心昏《くら》ければなり。

孟子のこの語は、離婁《りろう》章上に在って、「その亡ぶる所以を楽しむ」の次に、「不仁者にして与《とも》に言ふべくんば則ち何ぞ国を亡ぼし家を敗ること之《こ》れ有らん」となっている。不仁者とは今日の思想でいえば、大いなる生の徳、天地生成化育《せいせいかいく》の作用、永遠なる創造の力を身につけぬ者である。それは話にならぬ人間である。彼らは本筋から倒錯しているから、本当のことが分らない。だから危いのにも平気であり、災いをかえって利とし、やがて亡ばねばならぬことを覚らずして、逆にこれを楽しむ。こうして人も民族も国家も文明も滅亡を繰り返してきたのである。それもただの無知な者はまだましで、ひねくれた思想や心理をもった人間は更に危い。

世に学ばざるの人有り。此の道に於てや却つて大害無し。若《も》し一人の、書を読んで而して其の学術正しからず、其の心術善からざる者有れば、此の道の害を為《な》すや小ならず。是を以て士を取る者は審《つまび》らかに、せざるべからず。

非人間的な異端邪説というものの悪弊は真に恐ろしいものがある。しかも人間は平凡尋常に倦んで、とかく異端邪説に刺戟や興味を覚えるものなのである。彼は又言う。

道を信ぜざるの人に対して漫《みだり》に道理を説くこと勿《なか》れ。諸《これ》を飲食に譬ふれば、未だ飲食を欲せざるに、強《し》いて之を飲食せしむれば、則ち豈に啻《ただ》に之を厭悪《えんお》するのみならんや、反つて病患を為すや多し。

多才な伝記作家であった英国のL・ストレーチが、カーライル論の中で、「道徳というものはもっとも大きい価値を持つものであるが、しかも実際においては、人間のあらゆるメカニズムの主要部分でありながら、よく気をつけずに語ってはならぬものの一部門に属するらしい」と云っている。西洋人らしい言い回しであるが、つまり道徳というものは大切で、人間はそれで何とか知らず識らず暮らせているのであるが、それを表に強調せぬようにしなければならぬもののようであるというのである。そうでないと、とんでもない反撥を招く。これは今日の世の中でもしきりに話されてきた事実である。そしてこの疎隔《そかく》・抵抗・造反の時世となっているのである。元来道徳とは天地造化の道の人間に存するものであるから、道徳的な人は無欲であり、無心でなければならぬ。ところがつまらぬ人間に、わかりもせず、望みもせぬ道徳を強《し》いると、それがかえって仇にもなり易い。

今、纖芥《せんかい》の恩を人に施して、而して人報いざれば、則ち忿懟《ふんたい》を為す。是れ誠に薄夫《はくふ》と謂ふべきなり。

忿も懟も腹を立てる、うらみいかることである。薄夫は小人と同じようなものであるが、ちょっと感じが違うところに興味がある。その小人と女子について、彼はまた突っこんだことを言っている。

女子と小人とは聖人以て養ひ難しと為す。況《いわ》んや衆人之を養ふ者をや。豈に其の心を用ひざるべけんや。婦女の性の如き、亦《また》或は総慧《そうけい》にして事を暁《さと》し易き者有り。然れども率《おおむ》ね義理に於ては太《はなは》だ蔽昧《へいまい》、之を教へて諄々《じゅんじゅん》たりと雖も、通暁する能はず。故に其の昏塞《こんそく》する所、告戒丁寧すと雖も、而も省悟《せいご》する能はず。徒《いたず》らに我が心志を労し、彼の忿怨を増すのみ。

恐らく相当体験の語であろう。たしかに女子と小人に対して、相争うことなく、悠々として平和に教導できる人があったならば、大した人物であるに違いない。器量が小さいと、とかく包容力がなく、物事が面倒になる。

煩を厭《いと》ふは是れ人の大病なり。是れ人事の廃《すた》れ弛《ゆる》み、功業の成らざる所以《ゆえん》なり。蓋《けだ》し事物の応接煩《はん》多と雖も、皆是れ吾人当《まさ》に分内の事と為すべき所なり。

冷に耐え、苦に耐え、煩に耐え、閑に耐えることを四耐《したい》というが、人生の大いなる活題というべきであろう。

若《も》し自家独《ひと》り見る所、衆人の所見と太《はなは》だ異なる有らば、則ち只《ただ》達者と論ずべし。拘士《こうし》と談ずべからず。

拘士とは小さなことにかかずらう、何事によらずさらりといかない人間のことである、偏向イデオロギーに中毒していたり、なんでも反対しないと気のすまぬ性癖の、まさに拘士のいかに多いことか。

久々に益軒先生と語る心地して、春の夜の更けるのも忘れた。(昭和四十五年五月)

毀誉と人間

世の思わく

ちょっと考えると、人間はもっとも金だの色だのに動かされ易いと思われ、大きく見わたせば、今日の政界もいわゆるスキャンダル――醜聞の暴露を恐れていると言えるであろう。しかし、よく考えると、醜聞という言葉が語っているように、問題は金だの色だのではなくて、要するに「聞」・聞こえなのである。世間の評判なのである。

人は社会的動物といわれるほど、社会に依存して生きておる。社会を離れて孤立してはゆけない。それだけに世間が自分をどう見ており、どう言っておるかということ、つまり世間の評判――毀誉というものを人間はもっとも気にかけるものである。そこで自信のない者ほど、あるいは出世欲・功名心の強い者ほど、反対に世間の人気というものを苦にして、毀誉に弱いということになる。なんとかして人に悪く言われまい、好《よ》く思われたい、なんとかしてうまく人気に投じたい、大向うの喝采を博したい、大衆の人気者になりたい――これが現代人をもっとも強く支配している著しい心理である。民主主義というものを裏返せば、つまりこういうことでもある。

今日の政治の頽廃・社会の混乱無秩序も、要するに政治家がこの毀誉に弱く、あまり世間の人気に捕われすぎることに大きな原因がある。ジャーナリズムの横暴ということが始終論ぜられるが、それもつまりジャーナル、ジャーナリストが世評を作り、人気を左右するところから、人々がそれを恐れ、これに迎合するところに生ずるのである。

しかし言うまでもなく、人は他人をそう理解するものではない、否《いな》、むしろ浅解・曲解・誤解・無理解など際限なく行われ、それが大衆的になるほどはなはだしい。また複雑な人物・勝れた人物、難事難局にあたる人物ほど、そういう憂目に逢うのが世の常である。したがって良心的な人間、有為な人物ほど、あくまでも謙虚であると同時に、世間の人気とか、他の毀誉というものに動かされないだけの度胸が必要である。みだりに他人の批評に一喜一憂するような小心狭量ではとうてい真実の生活に堪えないし、大事をも成すことはできない。アメリカをはじめ自由諸国が多年中ソの悪罵毒舌の前に、ひたすら弁明に汲々として、障《さわ》らぬ神に祟《たた》りなしというような退嬰《たいえい》的態度を持《じ》してきたのも同様の心理的弱点によるものである。

大勇

曽子《そうし》・子襄《しじょう》に謂《い》うて曰く、子・勇を好むか。吾れ嘗《かつ》て大勇を夫子《ふうし》に聞けり。自ら反して縮《なお》からずんば、褐寛博《かつかんぱく》（だぶだぶの庶民服）と雖《いえど》も吾れ惴《おそ》れざらんや。自ら反して縮くんば、千万人と雖も吾れ往かん。（孟子）

これは古来有名な言葉であるが、まったくこういう反省と自信と気概なくして正しい仕事がやりとげられるものではない。老荘系の名著『淮南子《えなんじ》』には、「毀誉の己れにおけるや猶《な》ほ蚊虻《ぶんぼう》の一過するがごときなり」——といっている。これは横着者の鉄面皮になっては困るが、善良な男子にとっては、内心これぐらいの度胸が好ましい。東晋の傑物周伯仁がその便腹をさして皮肉な同僚からその中に一体何がはいっているんだいと挑《いど》まれて、「此の中・空洞・物無し。ただ卿等数百輩を容《い》るるのみ」。この中はがらんどうで何もない。ただお前さんたち何百人でもはいるだけさと嘯《うそぶ》いたのは痛快である。この男、君主の前で汚職があるように誣告《ぶこく》されて、「臣は万里の長江の如し。豈に千里一曲せざらんや」。私は万里の長江の如きものですから、千里に一曲りぐらいはしましょうさと平然たるものであった。もちろん良心に疚《やま》しくないからのことで、棄て鉢では言えない芸当である。

腹中・宿便なく、胸中宿物なし

毀よりも誉に無頓着なのは一層高い心境である。ちょっとばかり人に賞められて、すぐ好い気になるなどはもっとも浅薄である。世人には人を悪く言うと同時に、媚《こ》びる、阿《おもね》る、諛《へつら》う、迎合する、取り入る、煽《あお》りたてるという邪心が多い。これに乗るほど愚かで危いことはない。しかるに己惚《うぬぼれ》気と瘡気《かさけ》のない者はないといわれるように、人はせめて自分だけでも自分を高く評価したい。そこへ人が自分を高く買ってくれるとあっては嬉しくならざるを得ない。嬉しくなると自制がなくなる。近頃流行のサイバネチックスができておらぬわけである。

士の特立独行、義に適《ゆ》く（かなうでもよい）のみにして、人の是非するを顧みざるは、皆豪傑の士、道を信ずること厚くして、自ら知ること明らかなる者なり。一家之を非とするに、力行して惑はざる者は寡《すくな》し。一国一州之を非とするに、力行して惑はざる者に至つては、蓋《けだ》し天下に一人のみ。若《も》し世を挙《こぞ》つて之を非とするに、力行して惑はざる者に至つては則ち千百年にして乃《すなわ》ち一人のみ。……今世の所謂《いわゆる》士は、一凡人之《これ》を誉《ほ》むれば則ち自ら以て余《あま》り有りとなし、一凡人之を沮《はば》めば則ち自ら以て足らずとなす。

（韓退之・伯夷頌）

まことに溜飲の下る文章である。世のいざこざというものは、大抵あいつがああ言ったとか、こう言ったとか、いうことにすぎないではないか。シナ史上のおもしろい人物の言行を記した『世説』という名著があるが、その中にある風格の高い人物を評して「胸中・宿物なし」という語がある。私の平生愛する語の一で、腹中宿便のないことと、胸中宿物のないこととで人間は十分である。

直言と任怨・分謗

呂新吾の『呻吟語』に大臣を六等に分類して、その第二に（第一は理想で、現実にはちと無理な注文だ）、

剛明事に任じ、慷慨敢て言ひ、国を愛すること家の如く、時を憂ふること病の如くにして、太《はなは》だ鋒芒《ほうぼう》を露《あらわ》すことを免れず。得失半《なかば》す。

敢言も直言も同様である。敢言とはみなが顔見合して言い出しかねている時に、構わず

にずばりと言ってのけることである。なぜそれがそんなにむずかしいのか。要するに憎まれやせんか、怨まれやせんかという臆病さからに外ならない。元が宋を征服した始頃、華北の治安復興に心血を竭《つく》して死んだ張養浩の名著『廟堂忠告』（小著、『為政三部書』に収録訳注してある）に、大臣たる者の体得すべき十ヵ条の根本問題を列挙してあるが、その第六に「怨《うらみ》に任ず」ということ、第七に「謗《そしり》を分つ」ということを論じている。つまり、役目から人々に怨まれる仕事を自分で引受けてやることであり、同僚がその職務を忠誠に遂行する上にこうむる世の勝手な謗《そし》りを分担して、自分一人好《い》い子《こ》にならないことである。もしこの気節を失うならば、民主主義は結局暴民政治になり、自由主義は放埓《ほうらつ》になって、悪質の破壊と革命とを免れないであろう。こうなると、やはり西郷南洲も言ったように、天を相手にして人を相手にせずというような宗教的精神を要する。政治家や宗教家・教育家がただの渡世人となるほど悲しむべきことはない。

後の世を渡す橋ぞと思ひしに世渡る僧となるぞ悲しき（源信僧都母）（昭和三十一年五月）

乱世と警語

「圧縮し、要約し、そして最後は凛《りん》と引き緊《し》めることだ。——アラン（フランス近代の名教育家であり、すぐれた文人）がモーロアに教えている。——われわれは文章をいかに切り詰めるかを知らねばならぬ。冗長になることは常に容易であるが、簡潔にするには努力が要る」と。さすがに大家の言である。これに成功するほど、その文章は活きて力強く響く。その点、古来の漢語漢文は独特の長所を持っておる。現代の日本語・日本文は非常に乱れておるが、その多くの欠点のなかでも、間に合わせの粗雑で冗長な、間《ま》のびがして、回りくどい、悪訳式表現はもっとも人を悩ますものである。モーロア自身、彼がフランスの名誉あるアカデミー（翰林院）に選ばれた時、その感想を新聞記者から問われて、「第一に私は、私以上にそれを受ける価値ある他の人に（暗にアランを指すらしいが）与えられない名誉を受けたことに驚いている」という挨拶をしている。じれったい言い回しではないか。「第一に意外だ。私が受けるぐらいなら、もっと適格者がある」と云うところなのだが、そういう言い回しをかえって好《す》き好んで、今の日本人は更にこれを田舎者のハイカラぶりのように真似てやるのである。

「ある一定の休火山区域に限界されたですネ――地球表面一部の突起部分をですネ――ある液体自然現象が急激な寒冷作用によって凝結されたことにより生ずる物質のですネ、いちぢるしい色素の稀薄という形においてわれわれの審美感覚を刺戟することに対してですネ、われわれはまったく抵抗を失っているという事実を明確に意識することは許されてよいと考えられるのではないでしょうか」。――これは一体なんのことか。実は富士山に雪が積って美しいじゃないかということだそうで、池田潔氏が「知識人のかなしみ」というその一論の中に引いてあったものである。太平悠閑な際ならば笑ってもおられるが、乱世の今日、こういう表現や思考はむしろ罪悪である。

北朝鮮軍が俄然、越境攻撃してきた。侵略者！　と一喝して地を蹴って起《た》った国連軍の行動は世界の人心を感憤させた。その北朝鮮軍と比較にならぬ大軍が堂々国境を越えて侵撃猛攻しておる時、これを侵略と称すべきか否かを議しつづけるような考え方は正しく「知識人のかなしみ」である。――というようなことを慨するたびに、念頭に浮かんでくるのは古来の名言、アランの感嘆しそうな簡潔な含蓄の深い警語である。

天下もと無事。庸人之《これ》をみだすのみ。

天下本無事。庸人擾之耳。

何か煩わしいことのあるたびに、私はこの言を思い出す。出典は蔵書を焼いてしまったために的確に検索することができないが、意味は釈《と》くまでもあるまい。本当に人間は心がけさえ善ければ、世の中は元来太平無事であり得るのに、つまらぬ人間がわざわざ事を面倒にしてみずから騒ぎ、人を苦しめるのである。中唐の尊敬すべき政治家であった陸象先は、いつもこの語を引いて、しかしながらその源を澄ませさえすれば、かたづかぬ心配はないと云っていた。彼の政治には役人も民衆もみなよく懐《なつ》いたということである。清の廖《りょう》燕《えん》は気節の高い士であるが、彼はその明《みん》太祖論に、昔の人は天下本無事庸人擾之耳と云っているが、庸人にどうして天下をみだすことができようか。天下をみだす者はみな知勇が凶《わる》くすぐれて、卓越した才を持ち、それを展《の》ばすことができないと破壊的になって（潰裂四出）、小なる者は盗となり、大なる者は謀叛する。昔からそういうものだと論じている。金日成ならば盗とされ易く、毛沢東になれば叛将にされ、スターリンともなれば叛王にされかねないのである。

平和は自由と不可分である。人間にいかに正しく自由を与えるかが平和の必須条件である。この意味において、自由主義社会の方が共産主義社会とちがって根本的に当を得ていることは明白である。

天下の憂に先んじて憂へ、天下の楽に後れて楽しむ。

先天下之憂而憂、後天下之楽而楽。

これは明治大正時代に中学だけでも卒業した者ならばみな知っている有名な宋の名臣范文正の「岳陽楼記」に出てくる言葉である。誠と愛とは何事によらずまず憂うるものであろうか、それともまず楽しむものであろうか。まことに親が子を思う時、まず子のことを心配するだろうか、好《い》い気になるだろうか。国事に関しても同様である。まことの政治家はまず国家のこと、国民の事を心配するはずである。事態が大きければ大きいほど憂もまた大きくなければならぬ。明治の為政者はみな心配性であった。元老重臣がしばしば国事を憂えては互いに泣いたものである。今はどんな重大危急な時局に臨んでも痩せるほど心配したり、互いに泣くような人物がほとんど居なくなった。あまりにのほほんである。「汝また百姓のために哭せんと欲するか」と、元の太宗は宰相耶律《やりつ》楚材《そざい》を且つ怒り且つ歎じた。今この宰相が欲しい。この宰相にはじめて人民は救われるのである。

范文正のこの語は『大戴礼《だたいれい》』の曽子立事篇にある「先づ事を憂ふる者は後・事を楽しむ。先づ事を楽しむ者は後・事を憂ふ」（先憂事者後楽事。先楽事者後憂事）の語に本《もと》づくものであるが、漢の劉向《りゅうきょう》の『説苑《ぜいえん》』にも、「先づ事を憂ふる者は後楽しむ。先づ事に傲る者は後憂ふ」（先憂事者後楽。先傲事者後憂）といい、『抱朴子《ほうぼくし》』にも、「先憂は後楽の本たり。暫労は永逸の始たり」（先憂為後楽之本。暫労為永逸之始）といっている。ただそれでは真面目な者はいつも心配ばかりしておらねばならぬことになりはせぬかという疑問も起るかも知れぬが、そんなものではない。憂の中にまた楽があり、先後の二字に拘泥することはない。先儒は巧みに説いている、「楽は憂を以てして廃せず。憂は楽を以てして忘れず」（楽不以憂而廃。楽不以憂而忘）。（宋・羅大経、鶴林玉露）

田を求め、舎を問ふ。湖海の豪気。

求田問舎。湖海豪気。

「田を求め、舎を問ふ」で、田地や家屋を手に入れることばかり考えていることである。いかに暮しにくい世の中とはいえ、この頃の人々はたしかに求田問舎、つまり経済にばかり気をとられている。『三国志』は現代流行の読物の一であろう。（もちろん原典ではなく、翻案創作物ではあるが。）その『三国志』中の大者《おおもの》である劉備があるとき知人の許汜《きょし》と劉表

（武漢地方の支配者）の所で同座した。そのとき当代の人物論になって、許は陳登（字は元龍、威名のある豪傑の士）を評して、「彼は湖海の士、豪気未だ除せず」、すなわち自由な浪人肌で、気儘《きまま》がまだとれない。僕が彼の家に泊った時、彼は主客の礼も弁《わきま》えず、自分は大牀《しょう》に上って寝て、僕を下牀に寝かすような男だと云った。すると劉備は、そりゃそうだろう、あたりまえだ。君は国士の身分でありながら、今天下大乱にもかかわらず、一向《いっこう》に国を憂え家を忘れて世を救おうとする志もなく、いつも田地や家屋を手に入れる話ばかりで、とんと聞くに足ることを言わぬではないか。だから元龍が馬鹿にしたのだ。僕だったら牀の上下どころか、自分は百尺楼上に寝て、君なんぞ地べたに寝かせるぞと言い放った。劉表も大いに笑ったという話がある。（三国志・陳登伝）元の詩人元遺山の詩句に「気圧す元龍百尺楼」とあるのはこの故事によるものであるが、こういういわゆる「湖海の豪気」が自由国民勃興の本質である。今はなんと地べたに寝かされそうな連中の多いことであろう。

　天の与ふる、取らざれば反《かえ》つてその咎《とが》を受く。当《まさ》に断ずべくして断ぜざれば、反つてその乱を招く。

　天与不取反受其咎。当断弗断反招其乱。

毎日、新聞を見、報道を聞いて、国連側に立つわれわれの思い出さずにおれぬ警語の一はこれである。これは先秦の古書である『逸周書』に出ている言葉であるが、古来活機を捕えようとする政治家や将帥の論争にしばしば引用されるので有名になった。『史記』の范《はん》蠡《れい》や韓信の伝にも出ている。後にはずいぶん悪用もされているが、本来深省すべき厳粛な警語である。ただ果して「天与」かどうか、案外人与、奸与、すなわち此方《こちら》の私欲や弱点に乗ずる誘惑でないかどうか、まさに断ずべきの機かどうか、これを判断するのが難事である。それは叡智と経験とに待たねばならぬ。そこでたいていはこういう大事大機に臨むというと「静観」主義、回避主義、宥和主義に堕し易い。アメリカ政界の長老バルークはさすがに昨春いち早く、この危局に臨んで、もしあるとすれば、アメリカの盲点はどんなところにあるだろうかという問に答えて、それはわれわれが危険に直面している際の静観主義であると明言している。昭和以来、日本のおかした失敗はまったくこの警語に落第したことである。

天下の理、恩或《あるい》は讐《あだ》と化し、讐或は恩と化す。是を以て聖人は居常・変を慮《おもんぱか》る。

天下之理恩或化讐、讐或化恩、是以聖人居常慮変。

これは老子から書を授かったという関尹子《かんいんし》の著と伝えられている同名の書にある有名な言葉である。もちろん偽書で、後世の老荘家の手になるものであるが、この語はいかにも老荘家らしい観察で、よく人間世の事態、変化の現実を把握している。容易に現実を離れてイデオロギーに走ったり、偏見に捕われて動きのとれない考え方に対する痛切な警醒である。西洋の老獪な外交家がほとんど同じ言葉をもって彼らの国家外交の原則を説いていることは周知のことである。しかしこの理は恩となり讐となるも、要するに皮相の上のことで、その根底に厳粛な人道の相通ずるものがあって始めて言えることである。もしその根底において人道に反き、温情を欠くものがあれば恩は遂に成り立たない。讐に帰するばかりである。ソ連共産主義はその点において徹底している。新年初頭、老碩学のラッセルがソ連を批難して、ジード、ライト、ケスラー、フィッシャー、シローネ、スペンダーの各有名文人がひとしくソ連に絶望するにいたった理由の告白を編著したクロッスマンの『神過ちぬ』(『神は躓く』と題して青渓書院刊行の訳本がある)を推称しているが、堂々たる国家がこの根本を徹見しないで皮相な人道主義的打算から軽率な過ちを繰り返していることはまことに危険である。

夫妻すら且《なお》説く三分の話。未だ全くは一片の心を拋《なげう》つべからず。

夫妻且説三分話、未可全拋一片心。

これは名高いシナの戯曲『琵琶記』の中の名句である。夫婦でさえもまあ三分ぐらいしか話ができない。容易にこの心をまるまる抛《な》げ出してはならないのだという意味であるが、まことに淋しい人生の現実で、人間の恨事である。フランスのヴァレリーが「せめて誤解しあうほど理解しあえたら」と歎じているが、まったく同感である。故に知己は尊い。「士は己れを知る者の為に死す」という言葉は人間霊魂の粋語である。

　仁人はその誼を正して、その利を謀らず。その道を明らかにしてその功を計らず。

　　仁人者正其誼不謀其利。明其道不計其功。

『漢書《かんじょ》』の董仲舒《とうちゆうじょ》伝より出た名高い言葉であるが、世人は平生この言に内心服しない。その義（誼は義である）を正すはよい。その道を明らかにするのも当然であるが、その利を謀らず、その功を計らずでは結局失敗してしまう。失敗しては何にもならないと思うからである。しかし、それは義とか道とかを真に知らぬからのことで、義を正せば利はおのずからその中にあり、道を明らかにすれば功はおのずとそこから生ずるものである。たとえ不利無功に思えても、それは私心私欲から一時的にそう思うだけのことであって、やがてはその誤りが判明するか、そうでなければ、義とし道とする上に誤りがあったのである。義を正すとか、道を明らかにすとかいうことを方法論的に換言すると、少くとも三件を挙げることができる。

一　長い目で見て、刹那的一時的に堕さぬこと。
二　広い目、多くの面を見て、一面的局部的に捕えられないこと。
三　根本的に見て、末梢的に走らないこと。

それで始めて利は義に従い、功は道に生ずることがわかる。ただそういう抽象的理論よりも、こういう非合理非人道の乱世に処して、何が利であるか、どうすれば功があるか、常識では容易に判断できないような多くの事態に直面すると、また改めてこの語の真理であることを実感することができる。現代人は、たとえばこうなるとソ連に附くか、アメリカに附くか、どっちが得かとうろうろしている者が実に多い。功利的打算では結局安心な結論が出るものではない。博奕か卑屈な諦めに終らねばならぬ。その確乎たる決定はやはりいずれが正しいか、いずれが人間の生きる尊い道かを考えなくてはできないことである。『孟子』開巻第一に、「王何ぞ必ずしも利と曰《い》はん。亦《また》仁義あるのみ」と喝破していることを、今更ながら感悟するものである。そして「自ら反つて縮《なお》くんば千万人と雖も吾往かん」の勇気を生ずる。そこに必ずどうすることが利か功かの明智も発するのである。人類が、功利は道義をくらますことであると思うあいだは愚劣な争いがたえない。

大行は細謹を顧みず。大礼は小譲を辞せず。

大行不顧細謹。大礼不辞小譲。

真理は説き難く、大道はおこない難い。この大行の語も乱世とくに問題となるものである。しかもこれは『史記』の項羽《こうう》記中の有名な豪傑樊噲《はんかい》が喝破しているので、なおさら痛快がって、無頼の徒（樊噲はなかなかの人物であって、決して単なる無頼の壮士ではない）が世間の道義を無視する口実に引用し、それを識者はまた批難してやまない。『書経』にも「細行を矜《つつし》まずんば終に大徳を累す」といっており、古今の文人を観るに、「類《おおむ》ね細行を護らず。能く名節を以て自立する鮮《な》し」と魏《ぎ》の文帝も呉質に与えた書中に論断している。これも何を細謹とし小譲とするかの明智の問題である。ちっぽけなことのようで案外大きく響くものもあり、大層なことのようで、実はどうでもよいものもある。同じ『史記』李斯《りし》伝には「大行は小謹せず。盛徳は辞譲せず」ともあるが、これも文字通り刻明に解せず、大意をとって、小譲辞譲に拘泥せず、そんなことが目立たぬほど渾然たるものであることに解さねばならぬ。こういう語よりもむしろ人に処する行為の規範として「大功を論ずる者は小過を論ぜず。大美を挙ぐる者は細瑕《さいか》を疵《きず》とせず」（漢書・陳湯伝）や、大功を成す者は小苛せず（小苛はこせつきすぎることである）（説苑）というような語が弊の少いものである。（昭和二十六年二月）

日本人を語る詩

立派な松はすなわち名木である。みごとな梅もそのまま名木である。真の日本精神はすなわち世界精神に通ずる。松でもない、梅でもない、何でもない木などあるわけはない。日本人にして日本人たることを排して世界人になれると思うは妄想である。たとえば次のような詩中の日本人は、世界の文人がみな共鳴するであろう。

阿部仲麻呂（梁川星巌《やながわせいがん》）

風華想見晁常侍　　風華想見す晁《ちょう》常侍
皇国使臣唐客卿　　皇国の使臣、唐の客卿
山色依然三笠在　　山色依然として三笠在り
一輪明月古今情　　一輪の明月、古今の情

言うまでもなく、阿部仲麻呂が日本に帰国することができなくなって、月に対して詠歎した和歌「天の原ふりさけ見れば春日なる三笠の山に出でし月かも」を主材にした詩であるが、起句と承句とにわれわれの想うのは、今後も日本の使節や外交官には、こういう教養の豊かな、先方の国人が惚れこんで、自国に留めて置きたくなるような人物の輩出することである。晁は朝に通ずる。仲麻呂は唐に行って朝《ちょう》（晁）衡《こう》と名のり、玄宗に用いられ、粛宗《しゅくそう》の左散騎常侍となったから晁常侍というのである。客卿は客分の重臣、すなわち仲麻呂は皇国の使臣で唐の客卿となったのである。

藤原保則（金本摩斎）*

*幕末大阪の篠崎門下。名は研造。出雲の人。

老誦金経日幾回　老いて金経を誦《よ》むこと日に幾回
英雄帰仏亦奇哉　英雄・仏に帰す。また奇なるかな
寧知感盗懐夷術　なんぞ知らん盗を感ぜしめ夷をなつくるの術
総自鄒賢性善来　すべて鄒《すう》賢性善より来る

保則は貞観・元慶・寛平時代の名地方官である。人間性の善を信じ、誠と愛とを以てよく民衆を化し、盗賊を感化し、叛徒をなつけた。晩年讃岐守となり、仏教に帰依し、剃髪して僧となり、日々金剛経を誦した。ここにいう金経はそのことである。鄒賢はもちろん性善説を説いた孟子のこと。彼は山東鄒県の出身であるから鄒賢といったのである。今の

民政に従事している人々はこういう先輩の心事を果してどれほどよく解しているであろうか。

北条時頼（中村敬宇《けいう》）＊明治の有名な漢学者・教育家。

曽無議論及経済　かつて議論の経済に及ぶなし
王覇漠然心不関　王覇漠然、心関せず
一意欲知民疾苦　一意・民の疾苦を知らんと欲し
草行露宿道途難　草行・露宿して道途難《がた》し

時頼は国民周知の善政家であるが、彼は別段経世済民について、むつかしい議論もせず、王覇の弁などというやかましいイデオロギーなど心に関しなかった。一意専心・民の疾苦を知ろうとして、人に知られぬようにつらい旅をしたものだというのである。議論倒れ、イデオロギー闘争がひどくて、民衆は苦しんでいる今日しばしば思い出す詩である。

芭蕉（大沼枕山）＊幕末の詩人。

非道非僧闢一門　道（道士）にあらず僧にあらず一門をひらく
嘲花弄月養心源　花にたはむれ月を弄んで心源を養ふ
書生漫詑三千字　書生みだりにほこる三千字

輸与斯翁十七言　　　輸与すこの翁の十七言

原稿何百枚の大文章なんていうのがこの十七字詩に負けるものだというわけ。堂々たる哲学体系なんていうものが、実は一頌《じゅ》半偈《げ》に及ばぬこともあるのである。

林　子　平（頼　杏坪《きょうへい》）

北夷消息近如何　　北夷の消息近ごろ如何《いかん》
聞道戎王詐力多　　聞くならく戎王《じゅうおう》は詐力多しと
取酒誰澆子平墓　　酒をとつて誰かそそぐ子平の墓
世間空唱六無歌　　世間空しく唱《とな》ふ六無の歌

幕末開国の先覚林子平は六無斎と称し、「親も無し妻無し子無し板木無し金も無ければ死にたくも無し」と詠んだことは世間有名である。戎の王を今スターリンにあてはめると、この詩はそのまま今日口ずさみたくなるものである。六無斎のような無欲な志士先覚者も決して民間に乏しいのではない。ただやはり当時とは別の意味で時世と合わぬのである。

（昭和二十八年二月）

五　楽

これは明治天皇の侍講・元田永孚《ながざね》（号・東野）が、孟子の三楽や佐久間象山の五楽の説に擬《ぎ》して作ったものであるが、いかにものびのびして何の屈託もなく、一切の衒気《げんき》修飾を去って蕩々《とうとう》たる楽天平和の気象である。

楽　天　　　天を楽しむ

天道生々只自然　　天道生々　ただ自然
屈伸消長幾千年　　屈伸消長　幾千年
人能体得楽無極　　人よく体得して無極を楽しまば
亦可先天可後天　　また天に先んずべく天に後《おく》るべし

天道は限りない万物の創生であり、そこには何の無理もない。
その創生にはリズムがあって、生成の力が或は屈し、或は伸び、或は消え、或は長じ、千変万化すること幾千年。
それも要するに絶対者たる太極《たいきょく》の発展であり、太極は絶対者なるゆえに無極である。
人間これを観念や気分でなく、真に身体で摑んで内外一如、無極を楽しむことができれば、
先天も後天もありはしない。いずれの場合も自由自在である。

楽 四 時　　四時を楽しむ

無夏無冬秋亦春　　夏なく冬なく秋また春
鶯花雪月逐時新　　鶯花雪月　逐時《ちくじ》あらたなり
集成変態無窮景　　変態無窮の景を集成して
自得乾坤一味真　　おのづから得たり乾坤《けんこん》一味の真

夏が暑いとか、冬が寒いとか、年中文句が多いが、自分はそんなことを思わぬ。
ある時は鶯、ある時は花、ある時は雪、ある時は月と、始終新しい感興を得られる。
四季極まりない景色の変化をすべて体験して、
乾坤一味の真を自得する。どれもこれも一様に真味があることを知る。

楽読聖賢之書　　聖賢の書を読むを楽しむ

上慕明王下俊賢　上は明王を慕ひ下は俊賢
左陳経史右吟篇　左に経史をつらね右には吟篇
楽来斯道元無二　斯道もと二無きを楽しみ来り
宇内終帰画一天　宇内《うだい》ついに画一の天に帰す

上は明王をしたい、下は俊賢をしとうて、
左には経書や史書、右には詩集をならべ、
古今東西、道というものに異なることはないことを楽しんできた。
世界は要するに絶対者・唯一者に帰する。

　楽聞古今之事　古今の事をきくを楽しむ
乱還開治盛還衰　乱また治を開き、盛んなるものまた衰ふ
多少英雄互把持　多少の英雄　互に把持す
世界三千年似個　世界三千年かくのごとし
何憂何慮復何疑　何をか憂へ、何をか慮り、また何をかうたがはん

乱れたかと思うとふと治まり、盛んなるものもまた衰える。
いろんな英雄が互に栄枯盛衰してきたのだ。

世界三千年の歴史はこんなものだ。
何を憂え何を考えまた何を疑おうか。

楽従老少之人　　老少の人に従ふを楽しむ
老者安之少者慈　老いたる者は之を安んじ、少《わか》き者はいつくしむ
其来無拒往無追　その来るは拒むことなく、往くは追ふことなし
間談微笑総従衆　間談・微笑すべて衆に従ふ
一室春風長自嬉　一室春風とこしなへに自らたのしむ

老いたる者は安らかにし、少《おさ》ない者はいつくしむ。
来る者は拒まぬ、去る者は追わぬ。いずれも相手の意にまかせて私情をはさまない。
のんびりと談《かた》り、微笑み、すべてみんなにまかせて、
室中春風のようにいつまでも自らたのしむのだ。（昭和二十七年十一月）

心を照す詩二題

朝鮮の名将李舜臣の詩

朝鮮の国難に直面して、（実は日本自身外事《よそごと》でないのですが）おのずから思い出されるものは朝鮮の歴史であり人物でありますが、その時いつも必ず私の胸に映る一人はこの李《り》舜臣《しゅんしん》です。舜臣、字は汝諧、徳水の人。豊臣秀吉の朝鮮出師の際、李如松を輔けて社稷《しゃしょく》の柱石となった名将であり、只の武人ではなく実に哲人であります。宣祖の三十一年（明万暦《ばんれき》二十六年正月）古今島に日本軍を破り、その十九日、流丸に中《あた》って戦死しました。五十四歳。我が慶長三年にあたります。平生諸葛孔明に私淑した人ですが、彼のもっとも憂うるところは常に国内にありました。その乱中日記などまことに人を動かすものがあります。

無題

蕭々風雨夜
耿々不寝時
懐痛如摧胆
傷心似割肌
山河猶帯惨
魚鳥亦吟悲
国有蒼黄勢
人無任転危
恢復思諸葛
長駆慕子儀
経年防備策
今作聖君欺

蕭々《しょうしょう》たる風雨の夜
耿々《こうこう》として寝《い》ねざるの時
懐痛・胆を摧《くだ》くが如く
傷心・肌を割《さ》くに似たり
山河・猶《な》ほ惨を帯び
魚鳥・また悲をうたふ
国・蒼黄[1]の勢あり
人・転危[2]に任ずるなし
恢復[3]・諸葛を思ふ
長駆・子儀[4]を慕ふ
経年[5]防備の策
今[6]聖君を欺くこととなりぬ

(注) 1 あわてる様のことで、蒼黄とも倉卒ともいいます。役人も民衆も皆平生はのんきに構えておるが、さあとなるとあわてふためくものである。 2 転覆の危難。 3 漢の後裔と称した劉備を

輔《たす》け、漢室を恢復した諸葛孔明。4　唐の安禄山の乱に長駆・都を救うた郭子儀。今度幾度か奪いあいとなった京城を想わせる。5　何年ごし行ってきた国家防衛策が実際は何をしておったのであるか。6　それに頼っておられた貴い君主をすっかり欺しておったことになった。この一句、実に深刻ではないか。

山田方谷の青年に与うる詩

山田方谷は、幕末・備中板倉藩出身、経世済民の哲人であります。次の詩は青壮年ともに愛誦して、毎《つね》に発憤に資すべきものであります。

進修須及少年時　　進修すべからく少年の時に及ぶべし*
四十無聞亦耐悲　　四*十聞ゆるなきはまた悲しむべし
君輩纔冠吾尚壮　　君が輩はわづかに冠（二十前後）なり吾れ尚ほ壮なり
後生可畏果為誰　　後*生畏るべきは果して誰とかなす

進徳修業は是非とも若いうちに行っておかねばならぬ。（＊及は至るとか、繋《かか》るの意味である）。

四十になっても一向ぱっとしない——人に認められない——世に聞えないというのは、

これまたなさけないことではないか。（＊四十無聞は論語・子罕に、「四十五十にして聞ゆる無くんば、斯《こ》れまた畏るるに足らざるのみ」とあるによる有名な言葉で、人間四五十になれば、真面目に勉強した者ならそれぞれその人の居る場で、いかに小社会でも、それ相応に聞えてくる筈である。それが一向問題にならないなら、そんな者は畏敬するに足りないというのである。学者の中には、無聞というのは人の評判なんか指すのではなく、「道を聞くことのない」意味であると解する者もあるが、そうむずかしく解せぬ方が穏当である。同じく論語の陽貨には、「年四十にして悪《にく》まれなば其れ終らんのみ」ともあり、曾子曰く「五十にして善を以て聞えざれば則ち聞えず」（大戴礼・曾子立事篇）とあるなどと一連の意である。）

君たちはやっと二十歳という年頃だが、私もまだ壮《さかん》だ。後生畏るべしという言葉に値する少《わか》者は果して君たちの中の誰であるのか。（＊「後生畏るべし」は前記の四十無聞に関する論語の文の前段に「後生畏るべし。焉《なん》ぞ来者の今に如《し》かざるを知らんや」とあるに出づ。これから来る後輩のなかに先輩を凌駕するどんな畏敬すべき偉《えら》者がおるかも知れんのだということである。）

この詩は朱子の有名な「偶成」の詩、

少年易老学難成　　少年老い易く学成りがたし
一寸光陰不可軽　　一寸の光陰軽んずべからず

未覚池塘春草夢　　未だ池塘春草の夢覚めざるに
階前梧葉已秋声　　階前の梧葉すでに秋声

と好一対の作品である。方谷の方が少し芸術味が足りないが、道味において勝っていると思う。（昭和二十八年十月）

活花の哲学

―明の袁宏道の瓶史序―

最近茶の湯や活花《いけ》の趣味が復興して、相当流行をきたしている。その半面に、斯道本来の精神を追い追い失って、単なる玩好や、ともすれば俗悪な外道に逸《そ》れる傾向すら少くない。ここに活花を愛好する人々のために、好箇の一文献を紹介しよう。それは明の袁宏道《えんこうどう》の小品である。

袁宏道（字は中郎）は湖州の公安県出身の人で、兄の宗道・弟の中道とともに三袁といわれた秀才で、有名な万暦年間の進士であり、知県（知事）となって政績もあげた人であるが、風流に長《た》けた詩人としてもっとも著名である。当時詩壇は前代の嘉靖《かせい》期に流行した王世貞・李攀龍《りはんりゅう》らの末流による形式と模倣に堕して沈滞していたが、彼はその行きづまりを打破して、自由清新な着想と表現とで大きな共鳴を博し、公安体と称せられた。とくに民衆の俗語なども取入れて従来の格調を破った点、守旧派の批難も喧しかったが、とにかく詩壇に一新機軸を出した人である。『明史』巻二八八にその伝があり、遺著には『袁中郎集』四十巻、『瓶花斎雑録』一巻、『觴政《しょうせい》』一巻などがあり、後世活花の愛好者から崇拝されている人である。日本では深草の元政上人が之を愛してその集を翻刻している。

それ幽人韻士は声色を屏《しりぞ》け絶《た》つ。其の嗜好は山水花竹に踵《あつま》らざるを得ず。

幽人とは、ゆかしい趣味教養をもって、俗世間に出しゃばらない人である。韻士とは風流な人。人間そのものが音楽的・芸術的にできている人のこと。こういう人々は俗世間の肉欲的なものをきっぱりと去ってしまう。そこで自然に人間よりも山水花竹を好むようになる。

夫れ山水花竹は名の在らざる所、奔競の至らざる所なり。天下の人は囂崖《ごうがい》利藪《そう》に棲止《せいし》して、目、塵沙に昧《くら》み、心・計算に疲れ、之を有せんと欲するも暇あらざる所あり。故に幽人韻士は以て間に乗じて踞《きょ》し、一日の有と為すことを得。

山水花竹というものには、人間の欲するような名誉もなければ、われ勝ちに奔《はし》りまわって競争するような何ごともない。世間の人々は喧騒な世界（危いから崖に喩《たと》えたのである）、利害の藪のような中に棲みついて、目は塵砂にくらみ、心は計算に疲れ、山水花竹の世界を持とうと思っても、その暇がない。そこで幽人韻士はそういう俗人輩に妨げられず、間《ひま》にまかせて坐りこみ、ある時間自分の物とすることができる。

夫れ幽人韻士は「争はざるの地」に処《お》りて、一切を以て天下の人に譲る者なり。惟《た》だ夫《か》の山水花竹は以て人に譲らんと欲するも、人未だ必ずしも楽しんで受けず。故に之に居るや安くして、之に踞するや禍無し。嗟《ああ》夫れ此れぞ隠者の事にして、決烈丈夫の為す所なり。余《われ》平生企羨《きせん》すれども必得すべからざりしものなり。

幽人韻士というものは「不争の地」、すなわち浮世の俗人と競争などしない立場におって、世人の欲しがるようなもの、名や利や位や、そういうようなものは一切人に譲って顧みないものである。しかるにただかの山水とか花竹とかいうようなものは、こういうものを楽しんでお暮しになりませんかと譲ってみたところで、結構ですなー、それじゃ俗世間は御免蒙《こうむ》って、その方をいただきましょうと応ずるものでもない。まあまあどうでもよいというものである。だから、自分で思うざま山水花竹を楽しんでいたとて、一向《いっこう》世人からやっかまれる筋合いはない。これこそ隠者の事であり、浮世にきっぱりとかたをつけた男子のなすことである。自分は平生そうなりたいと羨んではいたが、そうもゆかなかったことである。

幸にして身・隠見の間に居り、世間・趨《はし》るべく争ふべきもの既に余に到らず。遂に笠を高巌に欹《そばだ》て、*纓《えい》を流水に濯《あら》はんと欲す。又卑官の為に絆《ほだ》され、僅かに花を栽《う》ゑ竹を蒔《ま》くの一事以て自ら楽しむべきあり。而《しか》も邸居湫隘《しゅうあい》にして遷徙《せんし》常無し。已《や》むを得ず乃ち胆瓶《たんびん》を以て花を貯へ随時挿《さ》し換ふ。

幸いにして現在わが身は隠居でもなく、出世でもないというような中間の立場にあって、世間の欲望競争の対象になるようなものは、もはや自分のところには関係がない。そこで、やっと心のままに山水花竹の間に遊ぼうと思ったが、また小役人生活に累せられて、どうやら花を栽《う》えたり、竹を蒔《ま》いたりするだけが自ら楽しめることであるが、それも住居が低く狭く、またしてもあちこち移動せねばならなくて、やむなく胆瓶（胆のような形の瓶）に花を貯えて、随時挿しかえることにした。

＊滄浪の水清ければ以て吾が纓《えい》を濯《あら》ふべし（孟子・離婁上）の語より出たものである。

京師の人家有する所の名卉《き》（立派な草とか木）一旦遂に余が案頭の物となる。折剔澆《せってきぎょう》頓《とん》の苦（折ったり、切ったり、水をかけたり、整理したりする苦労）なくして、而も賞詠《しょうえい》の楽あり。取る者貪らず。遇ふ者争はず。是れ述ぶべきなり。噫《ああ》是れ暫時の快心事なり。狃《な》れて以て常と為し、而して山水の大楽を忘るることなかれ。

都の人家にある立派な草木花竹の類が、かくして忽ち我が机上の物になるのであった。

これはいろいろ栽培の苦労がなくて、しかも観賞し、吟詠することのできる楽しみがある。人がそう欲しがるものでもなければ、偶然見る者が奪《と》りあうものでもない。これは話せることである。とは言うものの、これはほんの一時の気持好い事にすぎない、これになれて、これがあたりまえになってしまい、そして山水そのものを愛する大いなる楽しみを忘れてはならない。（昭和二十八年六月）

書を読むなの歌

幕末長州藩の青年たちの間に「書を読むなの歌」（烏《お》烏《お》歌）が流行《はや》った。乃木将軍もこれを愛誦して、よく若い者に教えたそうである。それは南宋の奇骨ある隠士楽《がく》雷発（字は声遠）の作で、当時の読書人、知識人階級が文弱で、空論に耽り、国難の前にいっこう役に立たぬのを慨歎のあまり、悶々の情を発したものである。宋は文弱と議論とで亡んだといわれているが、とかく知識人にありがちな傾向で、今日も、ソ連が来ようと中共が来ようと、いっさい抵抗は無用である。抵抗さえせねば命は助かるだろう。命さえあればまた何とかなろう。抵抗するから惨事になる。抵抗は悪い。争うということは野蛮である。ファッショである。非人道である。われわれは平和を欲する。――それからそれへと現実を離れて空論が際限なく展開されている。生命は活力であり、人格は理想を抱き、悪に屈せぬ勇気を要する。その理想は現実に即せねばならぬ。遊離すれば空想であり、概念と感傷に過ぎない。ここに知識人の陥りやすい弱点がある。こういう時、この詩を思い出して非常に胸うたれる感が強い。一応ここに詩句を逐《お》うて意訳し、故事には略注をつけ、なお原作と直訳とをつけておいた。近来流行の「酒飲むな」の俗歌にくらべて、維新の青年はやはり気魄があったと思う。

烏《お》烏《お》の歌

書を読むな。書を読むな。
恵子*の有名な車五輌もの書物も今はどうだ。
　＊『荘子』天下篇に恵施《けいし》は多方にしてその書五車とあるをいう。
どうか君、僕のために、めそめそした離騒*の賦なんか焚《や》いてしまってくれ。
　＊楚の屈原の作と伝う。乱世を慨歎した長篇の抒情詩的作品。
僕もまた君のために理屈っぽい大極図説*なんかさんざんに裂き棄ててやろう。
　＊宋の道学の先駆者・周濂渓の学説。
去るもの来るもの一緒になって斗酒を飲むのだ。
聴きなさい、僕が天を仰いでこの烏《お》烏《お》を歌うのを。

仰山な風をして堯*だの舜だのを講ずるより

　＊堯は陶唐氏。舜は有虞氏。そこで堯舜を唐虞という。

長纓*《えい》（馬のむながいの革紐）をもって北方蛮族の酋長を引っくくる方がましではないか。

　＊前漢の若き志士終軍が戦争手段に訴えず、討議で南方の蛮族を降服さそうとした故事。

筆をなめたり、ひねくり回して、子虚*を賦するより

　＊前漢の文人・司馬相如《しばしょうじょ》の賦した名作。

気持よく鞭をくれて的盧*《てきろ》を躍らした方がいいではないか。

　＊三国志の英雄・劉備が乗った名馬。

君どうだ、去年賊兵は巴兪《はゆ》の地を攻略し、

　＊巴は四川省の巴県地方。兪は湖北省の兪（渝）水。

今年は成都を屠ったではないか。

風塵はたえまなく、豺狼《さいろう》は途《みち》を塞《ふさ》いでいる。

人を殺すこと麻のごとく、流血は湖《みずうみ》をなす有様である。

蘇東坡《そとうば》で聞えた蜀の眉山《びさん》書院にも哨兵の馬がいななき

杜甫で名高い成都の浣花《かんか》草堂も荒れて妖狐が巣くっている始末だ。

何人《なんぴと》が売国奴の中行*を鞭うつか。

＊漢文帝の宦者・中行説のこと。単于《ぜんう》に服事して漢の国患となった。

何人が蒙古の酋長を縛するか。

何人が一丸泥*をもって函谷関を封ずるか。

＊後漢の光武皇帝に抗した隗囂《かいごう》の将・王元が、囂のために勇敢に少数の兵をもって函谷関の隘路を扼すべきを主張し、「一丸泥を以て函谷関を封ぜん」と云った故事。

何人が三箭*を以て天山を定めるか。

＊唐の高宗の勇将薛《せつ》仁貴、突厥《とるこ》族を天山に討伐した際、敵の突撃隊の猛襲をみずから連射して潰敗させ、容易に天山地方を平定して、軍隊の中に、「将軍三箭して天山を定め、壮士長歌して漢関に入る」という歌が流行った故事。

今や大冠は徒らに箕《み》のようで、長剣も頤《あご》をささえるにすぎぬ。

朝《あした》に顔回だの孟軻《もうか》（孟子）だのと談じ、夕には周濂渓《しゅうれんけい》だの程伊川だのと講釈するばかり。

何にもならぬ役人は沢山ごろごろしておる。

国は広いが、君は今どこに行くのか。

金が有るなら砕いて不逞の徒を射る矢*に使うがいい。

＊僕姑《ぼくこ》（矢の名）。金僕姑（金の矢）。『左伝』に出《い》づ。

鉄があるなら鋳《い》て敵を拒《ふせ》ぐ＊蒺藜《しつれい》にするがいい。

＊浜菱のこと。その形に似た防禦兵器。今のバリケード的に用う。

僕は君に＊湛露青萍の剣を贈ろう。

＊古名剣の名。

君はその返礼に＊太乙《たいいつ》白雀の旗をくれるべきだ。

＊殷のときの旗の名。

好《よ》し、賊奴《ぞくど》を殺してその権力の象徴たる金印を取ろう。

けちな学問なんか何になる。

死せる孔明が能く仲達を逃避させた。

孔子でなければ誰が＊山東の野人を追っ払えるか。

＊原句「萊夷」。斉人のこと。孔子の晩年、隣国の斉に陳恆の弑逆が起ったのに対して、義兵を興すべきを主張した故事。

ああこの慨歎を歌うのであるが、ますます僕の心はたのしまない。

書を読むな。本読みの馬鹿になるぞ。

烏烏歌

莫読書　莫読書
恵子五車今何如
請君為我焚却離騒賦
我亦為君擘砕太極図
蝎来相就飲斗酒
聴我仰天歌烏烏
深衣大帯講唐虞
不如長纓繫単于
吮毫搦管賦子虚
不如快鞭躍的盧
君不見前年賊兵破巴兪
今年賊兵屠成都
風塵澒洞兮豺狼塞途
殺人如麻兮流血成湖

烏烏の歌

書を読むなかれ。書を読むなかれ
恵子の五車、今いかん
請ふ君わがために離騒《りそう》の賦を焚却《ふんきゃく》せよ
我れまた君がために太極の図を擘砕《はくさい》せん
蝎《けつ》来相就《あいつ》いて斗酒を飲む
聴け　我が天を仰いで烏烏を歌ふを
深衣大帯　唐虞《とうぐ》を講ずるは
しかず長纓《えい》　単于《ぜんう》を繫ぐに
毫《ふで》をすひ管をひねつて子虚を賦するは
しかず快鞭　的盧を躍らすに
君みずや前年　賊兵巴兪《はゆ》を破り
今年　賊兵　成都を屠《ほふ》るを
風塵澒洞《こうどう》として豺狼途《みち》を塞《ふさ》ぐ
人を殺すこと麻の如く　流血　湖をなす

眉山書院嘶哨馬
浣花草堂巣妖狐
何人鞭中行
何人縛可汗
何人丸泥封函谷
何人三箭定天山
大冠如箕兮長剣拄頤
朝談回軻兮講瀍伊
綏若々兮印累々
九州博大兮君今何之
有金須砕作僕姑
有鉄須鋳作蒺藜
我当贈君以湛露青萍之剣
君当報我以太乙白雀之旗
好殺賊奴取金印

眉山書院に哨馬いななき
浣花草堂に妖狐巣くふ
何人《なんぴと》か中行を鞭うち
何人か可汗を縛し
何人か丸泥　函谷を封じ
何人か三箭　天山を定めん
大冠箕《き》の如く　長剣あごをささふ
朝に回軻を談じ夕に瀍伊を講ず
綏は若々《じゃくじゃく》　印は累々《るいるい》
九州博大　君今いづくにゆく
金あらば須《すべか》らく砕いて僕姑を作るべし
鉄あらば須らく鋳て蒺藜《しつれい》を作るべし
我れまさに君に贈るに湛露青萍の剣を以てすべし
君まさに我れに報ゆるに太乙白雀の旗を以てすべし
好し　賊奴を殺して金印を取らん

何用区々章句為　　何ぞ区々たる章句を用《も》つてせん
死諸葛兮能走仲達　　死せる諸葛　よく仲達を走らす
非孔子兮孰郤萊夷　　孔子に非ずんば孰《たれ》か萊夷《らいい》をしりぞけん
噫歌烏烏兮使我心不怡　　ああ　烏烏を歌ふ　我が心をしてたのしからざらしむ
莫読書　成書痴　　書を読むなかれ　書痴とならん

書を読むな、書を読むな——といっても、もちろん書を読まずにおられるものではない。否《いや》、もとより書は大いに読まねばならぬ。しかし、たしかに書を読むことは大きな反省が要る。書痴——愚劣なるインテリの数を殖やすことは、健全な文化を滅亡に駆ることは確かな事実である。（昭和二十七年十月）

身心の学と政教の学

―呂新吾の呻吟語より―

呂新吾は（名は坤、字は叔簡、号は新吾また心吾、河南寧陵の人）王陽明の没後八年にして生れた（一五三六年。明の世宗嘉靖十五年）。偉大な哲人が死ぬと、必ずその霊嗣・霊孫と思われるような人が生れてくることを時々しみじみと考えさせられる。この呂氏の名著『呻吟語』を得て感動し、これによって心眼を開いた大塩平八郎の感激溢るる手紙によって、この書は日本の有志者に弘く読まれるようになったことは今さら言うまでもない。しかるに、先生資質魯鈍、少時書を読んで、誦を成す能わずという（明儒学案）。やれやれと聊《いささ》か救われたような気がする。どうも偉人はとかく子供の時から頭が良すぎて、われわれ凡庸な後生を慨歎させる。そこで彼は本を暗誦するようなことはやめて、書いてある教えのことばを澄心体認、すなわち心を澄ませて身につけることを力《つと》め、久しうしてすっかり会得し、聖言を見ればもう忘れないようになった。年五十にして身心の学に関する書（性理の書

——程・朱・陸・王等の書）を読んでぴったりし、うれしくてならず、一生孜々《しし》として学を講じ自得するところ多し（同上学案）という。

男児八景

新吾に男児八景の説がある。山水に遊んだ時など、よく思い出すものである。

（一）「泰山喬嶽の身」——誰しも泰山喬嶽に接すると、なんとなくそのまま身になるような気がするものである。まことに而今《にこん》の山水は古仏の道現成《どうげんじょう》なり（正法眼蔵・山水経）に点頭する。

（二）「海闊天空の腹」——天空・鳥の飛ぶに任《まか》せ、海闊・魚の躍るに任す。腹は詩書ばかりではない、それこそ汝等《なんじら》数百輩を容《い》るるもよかろう。腹のできておらぬほど吝《けち》な男はない。

（三）「和風甘雨の色」——顔色のなごやかに、しっとりと滋味のあるのは嬉しい人である。男は正にそうありたい。堂々たる国会にいわゆる吝《けち》な野郎が顔色を変じ、蛮声をはりあげておる醜状だけで、日本の国政の堕落がよくわかる。

（四）「日照月臨の目」——目も神秘なもので、たとえば体内のあらゆる生理的変化はもっとも速く目に反映する。心理はもとより、遺伝質なども目が報じている。「目は口ほどに物を言い」というが、口ほどどころではない、口などよりはるかに神秘を語っているのであるが、ただ凡眼がこれを解しないだけである。

（五）「旋乾転坤の手」（六）「磐石砥柱《しちゅう》の足」——手足の生理だけでも、学べば学ぶほど神秘なものである。まして上手・高足ともなれば説いて尽くせぬ問題である。

（七）「臨深履薄の心」——深淵に臨み、薄氷を履《ふ》むの心である。細心な用意・注意をいう。世人はたいてい迂闊であり、疎忽《そこつ》である。新吾も「世人の通病《つうへい》、事に先んじては体怠《おこた》り神昏《くら》し。事に臨んでは手忙しく脚乱る。事を既《お》へては意散じ心安んず。是れ事の賊なり」と痛切に指摘している。政事も実際は予定政策通り行われるものではなく、思いもかけぬ事件《アクシデント》が突発したり続発して、わけわからずに進行し、なんとか治まれば、まあまあよかったという類《たぐい》である。

（八）「玉潔氷清の骨」——骨というものも、人間がもっとも誤解しておる勿体《もったい》ないものであろう。骨は一時の休みもなく新陳代謝する赤血球や、あらゆる汚染と戦う白血球を造り（この造血機能については近来新しく異説もあるが）、生命機能の賦活や調節に大切な燐酸やカルシュームの供給源でもある。骨力こそ体力・生命力の本拠であり、精神にもこの骨髄がある。すなわち神髄である。これを清潔にせねばならぬ。

先生はこういうことを言って可笑《おか》しくないだけの風景・風概の士であったに相違ない。とにかく先生の郷里や任地には後世長くその感化が残っていたということである。今日の時世でも、とくに知事など再選、三選などザラにあるのであるから、人物次第ではこうもあり得べき道理である。

三　恥

無識の士は三恥あり。貧を恥ぢ、賤（地位名声などのないこと）を恥ぢ、老を恥づ。或《あるひと》曰く、君子独《ひと》り恥づる無きか。曰く、親在《いま》して貧しきは恥なり。賢を用ふるの世にして賤なるは恥なり。年老いて徳業聞ゆる無きは恥なり。

移風易俗

聖人は時を悲しみ俗を憫《あわ》れむ。賢人は世を傷《いた》み俗を疾《にく》む。衆人は世に混じ、俗を逐《お》ふ。小人は常を敗《やぶ》り、俗を乱る。嗚呼《ああ》小人これを壊《やぶ》り、衆人これに従ふ。憫《あわ》れむと雖も、竟《つい》に益なし。故に明王・上に在れば即ち風を移し俗を易《か》ふ。

時世の風俗というもの、衆人というものを徹見して、実によく要を得たものである。単なる批評や感傷というものは何にもならない。今日の時世と風俗は正に頽廃と、オルテガいわゆる強請《ゆすり》脅迫である。上は国会から下は成田・沖縄にいたるまで比々《ひび》然《しか》り。この風俗を変えなければ、日本は破滅のほかなかろう。

風を変ずること

民風を変ずるは易く、士風を変ずるは難し。士風を変ずるは易く、仕風を変ずるは難し。仕風変ずれば天下治まる。

切実な見解である。これを今日の世の中に応用すると、仕風はなんに該当するであろうか。常識では、官僚の気風ということであるが、それよりもっと一般的ないわゆるサラリーマン気質というものが当っているであろう。しかしもっと突っこんでいえば、世の中・社会大衆を相手とするマスコミとするのが至当と思う。共産党政権国家がすべてこれを党営・官営にしておるのは狡智である。これを放縦にして、いたずらに眉を顰《ひそ》めたり、迎合したりしている士風では日本もついに破滅のほかないと思う。しかし事実はそれもできないであろう。かえって民風を変ずることの方が容易であろう。それには「明王在上」の一語が眼目である。新しい傑出した内閣の出現である。さて、これが現憲法下の常法ではまた難しいことである。

敝屋の時態

如今《にょこん》天下の人は之れを譬ふれば驕子なり。敢て熱気唐突せざれば（かっとなって行動する）、便《すなわ》ち艴《ふつ》然として怒を起す。縉紳《しんしん》は稍々《やや》綜核《そうかく》（事の本末を明白にする）を加ふれば苛刻なりと曰ひ、学校は稍々厳明を加ふれば恩寡《すくな》しと曰ひ、軍士は稍々斂戢《れんしゅう》（とりしまる）を加ふれば凌虐《りょうぎゃく》すと曰ひ、郷官は稍々持正を加ふれば践踏《せんとう》（ふみつける）すと曰ふ。今縦《たと》へ敢て怨に任ぜずとも（怨まれるのを承知でやる）、公法を廃して以て恩を市《う》るまで独《ただ》に已《や》むべからざるか。如今天下の事は之を譬ふれば敝屋《ぼろや》なり。軽手推扶《すいふ》（ちょいとつっぱりをかってやる）便ち愕然として舌を咋《か》む。今縦《たと》へ敢て更張せずとも（建て直してしっかりするほどでなくても）、毀折《きせつ》して以て滋《ます》々壊るるは独《ただ》に已《や》むべからざるか。

当時のだらしない政治情況が活写されているが、これがまたわれわれ現時の情勢そのままである。

四　看

大事・難事に担当（どれほど背負えるか）を看《み》る。逆境・順境に襟度（胸のひろさ）を看る。臨喜・臨怒（うれしい場合、腹の立つ場合）に涵養を看る。群行群止（多勢の人間の行動点や停止）に識見を看る。

要するに各人の人物・器量、修養・識見の問題である。結局こういう人間の問題が結論としてやむを得ないところである。そのほかは要するに愚痴になってしまうであろう。革命だなどと言うのは、実はその人間の駄犬的遠吠《とおぼえ》にすぎぬ。（昭和四十六年九月）

点心

洋食のデザートに相当する食後の甘味をシナ料理で点心ということはこの頃弘く知られだした。そもそも何故「点心」などというのか。点心とは「点開心胸」の意味である。退屈した時、くたびれた時、その一点をうまく捕えて、ほっと一息つかせる、蘇生の思いをさせることである。庶民生活にゆきわたった「お八つ」の風習など正しく点心に該当する。現代の思想学問にウンザリしている人々の心胸を点開しようというのがこの「点心」の頁である。（安岡正篤）

笑科

女

狂授　九《く》返《へん》舎《じゃ》一《いち》六《ろく》

なに、「師友」に笑科を置いて、わしを狂授に招聘するって、そりゃ何じゃな。何！ 何！ 招聘ではない笑柄だと！ そりゃわしよりもそっちが食へん奴じゃ。勿論わしのくへんはなさけない方の食へんかも知れん。

この頃の本屋の店題はどうですかって。どうもこうもない、女の絵をデカデカ出した雑誌ばかりで、今頃なんたることか。「日の本は天の岩戸のむかしより女ならでは夜の明けぬ国」とはいうが、たかが女郎屋の亭主の歌と思うていたに、なに、それは初耳というか。無学には困ったものだな。これは二葉という狂歌師の作でな、後年吉原甲子楼の亭主になった男さ。ところで、案外この亭主詠《よ》みあてたものじゃ。

女郎屋の亭主といえば、歌舞伎の女形《おやま》で有名な中村鯉長ぐらい知っとろうが。彼の作になかなかおもしろいのがある。

春雨の強からぬ又弱からぬ女とや見ん男とや見ん

わしゃこの頃町を歩いとるとナ、蓬頭乱髪、ズボンをはいて横行闊歩してくる人間を、よくよく見れば女だよ。こいつに逢うと、この女形の歌を思い出すのだよ。

むかし筑紫の教月上人が詠んだがネ、

世の中に女の心直《すぐ》ならば女牛《めうし》の角や定木《じょうぎ》ならまし

お上人さんもショーペン（ハウエル）みたいなことを言うわいと笑っていたが、文明の今日、ますますその真なるを感ずるとは何たることか。

そういう男だか女だかわからぬ代物に引っ張られて、外套をほころばして帰った揚句、女房にさんざん締めつけられた男がいたがネ、わしはそれを痛快がるその女房に、直接行動、暴力闘争はやめたが好い。女というものは垢《あか》ぬけとらんと困ると云ってナ、蓮月尼《れんげつに》の歌を教えたよ。

わが知らぬせこが衣のほころびは引きけむ人ぞ縫ふべかりける

これは蓮月がまだ亭主持ちの時分、のんだくれの亭主が帰ってきて、着物のほころびを縫えというた時に詠んだものじゃ。女はこう上品にこんといかん。いや女ばかりでない、男もそうじゃ。この笑科とてそこがむつかしいところじゃ。

女のついでに、もうぼつぼつ正月じゃが、やっぱり凸子や凹夫どもがまた歌留多《かるた》などやることだろう。昔お糸という女乞食がある金持の軒先に物乞うていたら、出てきた奥さんが、ひょっとおならを落したそうでナ、そこで早速、

奥さまのおならべなさる歌がるたはな（花）より外に知る人はなし

とやった。

かわいさうなはズボンのおなら右と左に泣き別れ

などは笑科の落第じゃよ。

汝等《なんじら》は何を笑ふと隠居の屁

ぐらいになると助狂授ぐらいの資格がある。

嫁の屁は五臓六腑を駈けめぐり

というに及んでわが狂授の域に近きもんじゃ。

これはとんだ失礼いたした。何だ、また最初の雑誌の口絵の感想にまで返ってくれというのか。つまりその何じゃ、女体礼讃というやつじゃが、それがまたこの笑科狂授よりす

れば、ズボンのおなら程度でな、そこへゆくと一休和尚は、やっぱり肉体文学にかけても達人じゃよ。

女をばのりのみくらといふぞ実《げ》に釈迦も達磨もひよいひよいと生む

どうだ、こうなるとやっぱり女ならではかなわぬワイ。いや狂授、この頃の女はそう釈迦や達磨を生みませんって。そうか、そうか。今日はこの辺で休講としよう。（昭和二十四年十二月）

男

狂授　九返舎一六

前回は女に関する御高説を拝聴いたしましたから、男女同権のやかましい今日、今回は男について——というのか。男女同権がどうしたんじゃ。察するに少々同権とやらを苦しおるな。女に負けそうな気がするのじゃろう。そんなところが一番男のなっとらんところじゃ。「女房に負けるもんかとたわけ者」。わしが作ったんとちがうぞ。これは古川柳の名作じゃ。そもそも男とは何ぞや。「これから〇月たつと彼女の赤ん坊が生れるだろう。単なる細胞、細胞の集まり、繊維の小さい嚢、一種の虫、鰓《えら》のある魚とでもいうべき何ものか、これが彼女の子宮の中で動き、やがて男となる——悩み、喜び、愛し、憎み、考え、記憶し、想像する大人となる、そして彼女の体内で膠質物の水滴であったものが、神を発明し崇拝する……」。

先生、そりゃ何ですかって？　こりゃお前たちがありがたがっとるオルダス・ハックスリーの言い草じゃよ。これでお前さんは嬉しくなるかね。第一、彼女がその腹の子をこういう風に考えるかね。だから思想家なんていう奴は困ったもんじゃ。ここんところがわからぬと、男は本当に女に負けるぞ。女はつぶしがきくが、野郎はダメじゃからな。お前なんか、つぶしにかけたとすると、その辺の鳥籠一つアク洗いできるほどの石灰分、オモチャの大砲をポンと打つほどのポッタシウム、薬一服分ぐらいのマグネシア、マッチ二千本ぐらいの燐分、釘一本ぐらいの鉄分、コップ一杯程度の砂糖、シャボン五個ぐらいの脂肪。まずこんなものか。

先生好い加減なことを言わないで下さい！

いやいやどうしてこれもお前たちがあこがれるニューヨーク大学は生化学の教授R・M・バインダー先生の御研究だぞ。だから言わんこっちゃない、唯物主義など好い加減にやめにしろ。むづかしいことは言わぬ。まず自ら知ることから男は始まる。（昭和二十五年二月）

人間

狂授　九返舎一六

ヤアお待たせしました。それでは筆記用意。

水素爆弾試作の声、世界破滅の響きあり、クレムリンの旗の色、盛者必衰の理をあらわす。驕れるもの久しからず。ただ春の夜の夢の如し、猛き人も遂には亡びぬ。ひとえに風の前の塵に同じ。遠く異国をとぶらうに、伊のムッソリーニ、独のヒットラー、これらはみな古聖先賢の政にもしたがわず、楽しみを極め、諫めをも思い入れず、天下の乱れんことを悟らずして、民間の憂うるところを知らざりしかば、久しからずして亡じにしものどもなり――

それは何ですかって、これは新平家物語じゃ。こういう風に書物というものは読まんとだめだよ。お前らに読まれては本が迷惑だな。もちろん今日の本はさすがのお前らも迷惑しとろうが。さてもじゃ、人間はもう少し悟らんものかなあ。横目縦鼻ということを知っとるかネ。横に目がついて、縦に鼻がついとる奴ということじゃから、それ言うまでもあるまい。横目縦鼻、世にみちて、人と呼び来し四千年か。いや、それよりも酒嚢飯袋《しゅのうはんたい》ということを知っとるか。この頃はその酒も自由に飲めず、飯もたらふく食えぬにいたっては、人間たるもの何と称すべきか。憐れなるものよ、汝の名は文明人なりか。文明も今日この頃の有様では、文明に非ずして文迷じゃな。このままでゆくと正しく古人の説の通り、人間とは行く屍、走《ある》く肉、行屍《こうし》走肉に過ぎぬ。やがては鼠の世界ともなるか。科学てふいたずらものが世に出でて多くの人を慄《おび》えさすかな。いや、先生、それは科学が迷惑ですと。そう改まるな、お前はどうもまだ笑学士にもなれぬワイ。「人という愚かなるもの世に出でて鳥けだものを惑わするかな」はどうじゃ。フランスにリシエという科学者が居ったネ。ホモ・スツルッス「愚かなる者、人間」という本を書いとるよ。カレルの「知られざるもの人間」と好一対だよ。（昭和二十五年三月）

革命

狂授　九返舎一六

有名なこの講座もしばらく休みであったはワシの罪でない。何がさて学生どものスト流行でな、笑止千万さ。何が学生かい。ちと覚省するがよかろう。大学も大学ではないか。これには世間が大愕したろう。この間その大学の浄瑠璃狂いの友人が来てナ、近松がどうのシェークスピアとどうのと言った揚句《あげく》、例の心中物の名文句、「死ににゆく身をたとふれば、あだしが原の道の霜、一足づつに消えてゆく、夢の夢こそはかなけれ。あれ数ふればあかつきの、七つの鐘が六つ鳴りて、残る一つが今生《こんじょう》の、鐘の響きの聞き納《おさ》め」——には徂徠《そらい》も参ったとか独り感心しとるから、今時そんな文句に感心しとるようでは話にならぬ。ワシが改作してやろうといってナ、「文明の世をたずぬれば、銀座の街の夜のネオン、あかつきごとに消えてゆく、夢の夢こそはかなけれ。あれ数うれば世界史の、二十世紀も半ば過ぎ、残る五十が人間の、誇る文化の運の尽き」——と聞かしてやったら魂《たまげ》消ていたよ。笑いごとではないぞ。

まさに一大革命がなければ人間は救われぬに相違ない。しかしじゃ、この頃の革命騒ぎは話にならん。ありゃ断じて革命にあらず、各迷に過ぎん。革命とは沈滞せる生命の飛躍であり、良心の煥発でなければならん。世界における近代共産革命国の現状を見よ。どこに自由と光明の煥発があるか。つまらんカーテンなんど下して、みな暗黒に蠢動しておるではないか。原爆などで戦争でもしてみろ。文明民族はふっとんでしまって、世界は原爆ならぬ原人に逆もどりさ。さればといって、これを下手に応用して、ジャングルも砂漠もなくして好い気になると、天の為すところは人の意表に出《い》づだよ。地球が地球でなくなって人間はどうなるか知れんテ。（昭和二十五年七月）

炉辺茶話

舜とスターリン・毛沢東

近頃世界の独裁者を調べてみると、父が不慈で、子が不幸な例がはなはだ多い。

舜《しゅん》の父が頑迷不霊で、舜をいじめ通したことは有名な物語りになっている。『孟子』に天下の人望が已れ一身に集まっていても、舜はそれをものの数とも思わず、何とかして親の気に入られたいと、そればかり願っていた。その舜の孝心にさすがの父もとうとう感動して真人間になった。この徹底した至誠にすなわち天下が化するのだと論じている。これは『孟子』を読んでいつも感激させられるところである。

マルクスの伝を読んだ時、まず厭になったのはその親不孝であるが、マルクスの父は立派な父であるからここでは例外として、ソ連の独裁者スターリンはどうだろう。彼の父はたしかに舜の父と同類的人物で、田舎町の靴屋をしていたヴィサリオン・イヴァノヴィッチ・ジュガシュヴィリといい（スターリンの本名はヨシフ・ヴィサリオノヴィッチ・シュガシュヴィリ）わけのわからぬ、飲んだくれの、無頼漢で、スターリンは小さい時からしじゅうぶんなぐられ、どなりつけられて育った。無茶苦茶になぐられて育った結果、子は父と同様に冷酷無情になった、と彼の少年時代の友が語っている。

　毛沢東もその点では似たり寄ったりで、湖南省の貧農上りの小地主であり商人であった毛順生が沢東の父で、神様などは信ぜず、乞食に恵むことも嫌いな荒っぽい、無教養な男で、沢東もわけわからずに怒鳴られ殴られるのが常であった。彼はこの父としじゅう衝突して家出している。

　ヒットラーの父アロイスもスターリンの父と偶然同じ百姓靴屋で、禿頭の乱暴者であった。ヒットラーは弱い神経質な子であったので、しじゅう怒鳴りつけられてぶん殴られた。こういう父と子との関係を見るだけでも、現代世界の動乱の由来が思われるのである。（昭和二十六年五月）

裸

現代人は裸が好きである。享楽街にストリップが流行し、展覧会はおろか新聞雑誌いたるところ裸女が描かれておる。これはしかし日本だけの現象ではなく、とくに戦乱の後の頽廃期には、どこの文明国にも珍しくない現象であった。ヨーロッパでも、前大戦後ヌーディズムnudismが流行し、中国でも解放を叫ぶ婦人連が、上海で裸行進をやろうと計画したが、風邪を引いてはいけないとかなんとか云って止めてしまったことがある。日本はまだ穏《おだ》やかな方かも知れない。

心理学者は文明に露出症はつきものであるといい、マルキシストは封建的抑圧からの解放であるという。奇矯な現象や理屈は暫くおいて、元来裸を愛するのも人間の自然であれば、裸を恥じるのもまた人間の自然である。裸を愛するのは自然の真実——天真を愛するのである。だから子供の裸はもっとも自然で愛らしく美しい。裸も人体の裸より、人格の裸は更に好い。財産とか地位とか名聞とか、閲歴とか、そんなものはすべていわば人格に纏《まと》う着物に過ぎない。そんなものをさらりと脱ぎすて、健康な子供や汚れのない美人の裸体のような人格の裸に接することは又どんなに好いことであろう。

寒厳枯木というと、なんか色気のない限りのように思う者が多いが、実は天地の裸の一態なのである。木落ち水尽きた冬崖を東洋の画家も詩人も愛するのは、やはり裸の極致に参ずるのである。こういう裸を露堂々という。現代文明人は残念なことに同じ露出であっても、醜裸々であるが、これが露堂々になれば、文明も亡びないのである。

宣伝というものが現代文明につきもので、すべて広告宣伝の世の中である。ソ連など猛烈な宣伝謀略の国であるが、私はこの宣伝とか広告とかいうようなことがなくなる世の中にならねば、つまり文明が真の裸にならねばだめだと思っておる。

カントと女・料理

カントといえば、世間では無類の堅物と思っている。独身で時計のように正確に日課を行じて、純粋理性批判や実践理性批判のようなむつかしい書物を著した厳しい哲学者、大体ドイツに頑固者が多いが、そもそもカントという名からして堅そうに響く、それはともかく、そのカントだからして、わが副島種臣先生そこのけに、女に対してもむつかしい哲学を説いたか。——なぜこんなことを言いだしたかというと、実は先刻平和論を一席弁じて二、三度カントを引用した○○女史の、爪に垢が溜っていて、手巾が薄汚れていたものであるから思いついた次第である。

カントは女のお客とあまり学問的な話をしたがらなかった。それで彼から哲学を聴きたがった女は往々不満をもらした。彼は女に対してはしじゅう料理の話をもちだした。カントは家庭と料理というものを非常に重視した人である。といっても別段美食家というわけではない。それよりも気のきいた主婦の手料理を珍重したのである。そして哲学同様、なかなか料理に関して注意が細かく、批評が穿《うが》っていた。「もし妻君が夫に何か料理を出す代りに、台所でその仕度をする時間にこしらえた詩とか絵とかを出したなら、いかなる才覚ある夫――たとえ詩人や画家であっても、気に入ろうはずはない」と彼は言うのであった。「それじゃ先生、私共をまるで、料理人扱いなさるようですね」とある女史が抗議したことがあるが、すると彼はまた一膝のりだして、女に料理の大切なる所以《ゆえん》を懇説したと、弟子のヤッハマンが記している。

彼が生涯住んだケーニッヒスベルヒの市長で洒落のうまかったヒッペルは、カント先生はいつ料理法批判を出すだろうと冗談言ってよく人を笑わせたものである。(昭和二十六年四月)

めでたいことになぜ海老をつかうか

日本では、昔から何か祝宴にはきまって海老《えび》を用いるが、どういう理由かというと諸説紛々《ふんぷん》、尤《もつと》もらしいところでは、共に腰が曲るまで長生したいという象徴だなどといわれるが、今日の世間ではもはや腰の曲った老人など滅多に見かけられなくなったから通用しにくい。私の見聞した範囲でもっとも妙と思われるのは、名もない漁父から教わった説である。それによれば、海老は生きている限り殻を脱して、いっこうに硬化することがない。しかも物みな粛殺の気を帯びる秋になって殻を脱ぐというのである。平たくいえば、いくつになってもよく若返るものであるからめでたいのである。

『論語』や『左伝』に出てくるので有名な衛《えい》国の賢大夫に蘧伯玉《きょはくぎょく》という人がある。「行年五十にして四十九年の非を知る」といわれておる。これはよほど心ある人々、否《いな》、人間誰しも年の五十にもなれば思い当らざるを得ぬことであるから、弘く引用される言葉である。人によれば早くから成長の止まってしまうのも少くないが、まして五十にもなると、動脈ばかりでない、精神も硬化してしまって、反省奮発などできなくなる者が多い。伯玉は五十になってもよく内省し、自己革命のできる人であったらしい。

　更に『淮南子《えなんじ》』を見ると「六十にして六十化す」とある。これはまたおもしろい。こう来なければならぬ。生ける限り年とともに変化し進歩するのである。たえざるルネッサンスによって、どこまでもうま味を出してゆく、それでこそ道人である。安永に生れた人で、知還老人というのに『六十化話』という著があるが、この老人なかなかただの者ではあるまい。それはとにかく海老に向うと、私はいつも伯玉を思い出し、道味を考え、ちょっと箸をとる前に妙な気がするのである。（昭和二十六年九月）

歳暮

今更思うも陳腐なことであるが、やはり何時《いつ》になっても新しいのは歳暮の感である。

質ならで　今日を限りに　流れゆく　年は暮れぐれ　惜しきものかな

江戸趣味の一つの洒落で、おもしろくもあり、どこか軽薄な厭味も感ぜられる。

玉くしげ　明けぬ暮れぬと　いたづらに　ふたたびも来ぬ　世をすぐすかな

は木下長嘯子《ちょうちょうし》の歌であるが、厭味がなく、やはり、同感を禁じ得ない。殊にこういう世界的危機に際して、雑然紛然と過してしまった一年は、なんともくやまれてならない。しかし又アメリカの詩人ウィスハートは慰めてくれている。

昨日は一つの夢である。
明日は一つの希望にほかならぬ。
今日を善く生きる時、
昨日のすべては楽しい夢となり、

明日のすべては輝く希望となる。

されば今日に目を注げ――と。

そう思って、今宵の一時、気を安らかに静坐していると、サーッという木枯の音、ハラハラと窓打つ木の葉、シンシンと身に沁む寒さまで、またおのずから一種の情境である。かつて八代城山翁の書翰に、「寒夜北風襲ひ、落葉の窓を撲《う》つを聞けば、神気凝然《ぎょうぜん》、道骨自《おのず》から清きを覚ゆ」とあったが、真に冬夜を把握したものである。そういえば敬慕する幕末の哲人山田方谷にも、

頽壁　雪三尺
寒空　月一輪
堅凝　天地の気
聚《あつ》まって読書の人と作《な》る

という詩があった。一誦してそれこそ神気の凝然たるを感ずる。誰の句であったか、

秋の夜や物習ふなら今の中

という句を心に印しているが、年の暮れるごとに、「物習ふなら今の中」と思われてならぬ。

（昭和二十六年十二月）

笑府

笑府

転下

戦後有名になった安藤昌益《しょうえき》（徳川中期の特異な思想家）が、「自然の転下《てんか》を盗む」とか「転下の田畑を盗む」とか、天下を転下と当字《あてじ》で表わしている。しっくりしないが、この頃の時世はどうも転下が当っているような気がする。そのうち大事を起こさねばよいが。

人間というもの

人間というものは、母の腹の中にいる植物的な状態と、幼年期の動物的な状態とから、理性が成熟しはじめる時代までに二十年もかかる。人間の肉体の構造をちっとばかり知るのに三十世紀もかかった。人間の精神について幾らか知るには永遠の時を要するだろう。

ところが人間を殺すには一瞬で事足りるのである。――とヴォルテールが歎じているのか、自嘲しているのか。泣き笑いの話だ。

今世名利の人

今世名利の人は太平の煩わすなり。芸技諸道さかんにして涌くがごとし。これ亦《また》治国の塵芥《ごみ》なり――

とは上田秋成（江戸中期の有名な国学者・小説家、『雨月物語』等で有名）の放言であるが、平和の繁栄を皮肉って、「治国のごみ」とするところなど、この頃の公害汚染の世の中にあって、ちょいとうならせられる。

彼また曰く、釈迦も孔子も三千人（門下）とは同じ数でいぶかしい。また十哲・十六羅漢も似た数じゃ。こんなことはみな後の人のさい工である（胆大心小録）。呵々。

元・女性は太陽

元始・女性は太陽であった。真正の人であった。

今女性は月である。他によって生き、他の光によって輝く病人のような蒼白い顔の月である。

私どもは隠されてしまったわが太陽を今やとりもどさねばならぬ。

久しく家事に従事すべくきめつけられていた女性は、かくてその精神の集注力をまったく鈍《にぶ》らしてしまった。家事は注意の分配と不得要領によってできる。注意の集注に、潜める天才を発現するに不適当の境遇なるがゆえに、私は家事一切の煩瑣をいとう。平塚らいてふ女史の有名な所論である。これに多くの新女性が共鳴したのであるから、これも笑府の屑籠物であるが、なにやら意味のあったことも勿論である。この頃は平塚時代とちょっとばかり理屈がちがって、やはり「家事一切の煩瑣」を厭う女性が多い。人間が月に到達した今日、ついでに、らいてふ女史とは別な「女性は太陽」にこそ返るべきである。（迂叟）（昭和四十八年十二月）

御叱府

人間は賭事《かけごと》をする動物である。

シェークスピア物語で名高いラムの話である。

何とこの動物の多いことか。

ダンスをむやみに好む者は、頭より足にみそが多いのであろう。

何をひねくれ野郎め！　と怒るなかれ。御叱府子《ごしっぷ》ではない。有名なローマの喜劇詩人テレンチウスの言ったことだ。

しかしね、諸君、次のことは真実だよ。

人間の真の性格は、かれの娯楽によって知られる。（英国の画家J・レイノルズ・一七二三—九二）

偽の世の中というが、現代文明社会・広告社会・マスコミ社会というものは、途方もない偽の世の中になってしまった。

子供と酔漢は真実を語る。（英諺）

これは今も変らぬ。

子供が家で聞くことは、すぐ外に伝わる（同前）

ということも事実だ。この子供のしつけ・教育というものほど大切なことはない。

「すべての野獣の中で、男の子がいちばん御《ぎょ》しにくい」とプラトンも云っている。慎思せねばならない。

子供には、批評よりも手本が必要である。（J・ジューベール。フランスのモラリスト）

ここに父と母との重責がある。それを現代人は放棄しようとしている。

わが童子のころ、語ることも童子のごとく、思ふことも童子のごとく、論ずることも童子のごとくなりき。人となりて後は童子のことを棄てたり。（コリント前書・第十二章）

馬鹿な男はいつでも同意する。

馬鹿な女のたのみなら。


と、ゲーテが言っているからおもしろい。ゲーテの自嘲ですか？　ゲーテよりご自分はどうですか。


女は誰でも、愛人を選ぶとき、自分自身がその男をどう思うかということよりも、ほかの女たちが彼をどう思うかということの方を多く計算に入れるものですわ――気のきいたある婦人がこう私に教えてくれた。――

とはサロンの会話に巧みであったロック・シャンフォールの巧い話である。

坂本龍馬は曰く、「南無釈迦ぢゃ、娑婆ぢゃ地獄ぢゃ、苦ぢゃ楽ぢゃ、どうぢゃかうぢゃ

と、言ふは愚かぢゃ」。（迂叟）（昭和四十八年十二月）

鯛《たい》焼《やき》！

鯛を焼いたものではありません。今川焼の種類で、鯛の形の中にあんこを入れた街の大衆的というよりも、子供たちの好物のお菓子です。あんこは絶対つぶあんでなければいけません。四谷見附を新宿に向って左側、有明家の横丁と西念寺横丁とのあいだの名もないわびしい横丁に、「わかば」という鯛やき屋があるそうです。演劇評論家の安藤鶴夫氏が、ある日その鯛やきを買いに入って、ついでにその場で食べてみたら、尻っぽまであんがはいっているので感心したら、そこの爺さんが、「これがあたりまえなんですが、終戦後はこんなことをしなくなって、これに気がついて下さる人もありませんでした」とホロリとしたそうです。私も何だかホロリとしました。

何を隠そう私も鯛やきが好きなのです。ほのぼのと童心の味のする鯛やき、けれども、なかなかほんとの鯛やきに出会いませんでした。人間も踵《かがと》の先まで精神のはいった人間に会いたいものです。どうか贅沢な羊羹とか生菓子など下さるより、尻っぽまでつぶあんのはいった鯛やきをお願いいたします。（昭和二十八年六月）

対猿賦

暮春一日
独《ひと》り動物園に遊ぶ
たまたま群猿の前に到り
歩みを停めてしばらく相望む
落花片々
翻つて檻に落つ
児女嬉々として猿を呼び
頻りに菓飴を投ず
人畜童稚《どうち》　相去る未だ遠からず
傍に三五　高声の徒あり
猿を喝して罵り
又豆を擲《な》ぐ
人間皆有り自負の心

点　　心

相互優劣　俄かに判じがたし
この輩　猿に対して
始めて信ず　己れ優れりと
思ふ　太古
人猿相別れてよりすでに幾百万年ぞ
宇宙洪荒《こうこう》を思へば
悠遠にして又昨今の如し
思ふ僅かに四十年前
ボルク　類人猿を解剖して
その胎児を見たる驚きを
そは人間そのままなりき
天命の不可思議なる
一はオランウータン、チンパンジーとなり
一は岐《わか》れてホモ・サピエンスとなり
ホモ・ファーベルとなる

それ道を進みしか
はた道に迷ひしか
曽《かつ》て印度の森の中に
奇怪なる幼き姉妹を見つけたる猟人あり
人なれど獣の如く
這ひ回り　水を嘗《な》め
夜は吠えぬ
猟人これを憐みて
人間に復せしめんと養ひしも
遂に果さずして失ひぬ
人・怪となり妖となる
何ぞこの姉妹に止まらん
誰か識らん　文明・文迷となり
又文冥となる
地上斉《ひと》しく二十四時

或は言ふ　共産国に二十五時ありと
又言ふ
近来人間　新種を生ず
外・人身にして、内・機械
好んで都市に集まり
事務所に巣くひ
善悪を弁《わきま》へず
廉恥を知らず
強欲にして専ら利を追ひ
姦偽にして常に相戦ふと
ああ　人・猿に優るか
猿・人に劣るか
頭を挙げて群猿を望み
頭を垂れて人間を省みる
落花紛々　塵紛々

養心養生

天地の大徳を生と曰《い》ふ（易経・繋辞伝下）。生々之《これ》を易と謂ふ（繋辞伝上）。

天行は健なり。君子以《もっ》て自ら強《つと》めて息《や》まず（易経・乾卦）

孟子曰く、我れ善く吾が浩然《こうぜん》の気を養ふ。その気たるや、至大至剛にして直《なお》く、養ひて害《そこな》ふことなければ、則ち天地の間に塞《み》（満）つ。（孟子・公孫丑上）

東洋的養生の学と行

久しぶりにまたなつかしい多くの同人のお集まりに出ましてたいへん楽しく存じます。

情味というもの

人間には情味というものが大切であります。当地は私にいろいろの情味を懐《いだ》かせる道縁の深い所なのでございます。そもそも私の先祖の一人・堀田弥五郎正泰《まさやす》が津島神社に祭られております。そのむかし楠木正行《まさつら》が高師直《こうのもろなお》と河内の四条畷に会戦いたしました際に、はるばる当地より兵を率いて正行の応援にまいり、あそこで一緒に戦死をいたしました。さような縁で私は四条畷中学に学びました。そこに彼も合祀されておりますので、日夕お参りをいたしたものであります。これは別格官幣社でありましたので戦後非常に荒れました。占領軍が神道を弾圧したことは御承知の通りです。その神社の復興に随分《ずいぶん》苦心いたしました。

ました。

また私の若い時代の精神生活・学問生活に大いなる影響を与えられました――それも単なる知的興味ではなく、人間的情味を感じて勉強させられました偉人の一人・細井平洲先生が、この近所の出身であります。それで昨年この師友協会でも、わざわざ細井平洲先生を講じたことがございます。

また昨今は、さきほどもここに立たれました桑原知事、あるいは松坂前名大学長、いずれもお話の通り、私の一高時代の学友・同窓でございます。この人々から「安岡先生」などと言われまするると、なんとなくくすぐったく感じます。また近藤康信先生も実は私毎日お目にかかっておるような気がいたしますが、それは先生がこれまた、私が長年の歳月、あるいは生涯といってもいいのですが、私の心体の血となり、肉となっておるものの一つであります『伝習録』というものを、細かに訳注されまして、大冊を出しておいでになります。この書物を先生から頂きまして、しじゅう座右の書架に置いてありますので、私が書斎に坐りますと、否応《いやおう》なく目につくのでありまして、時々「近藤さん」と心のなかで挨拶するのであります。まあ、こんなぐあいで、当地はたいへんなつかしい土地柄でありま す。

われわれの師友協会の一特徴は、人々にこの情味が通っておるということだと思います。私どもは単なる理論とか、あるいは必要とか、何とか彼とかいうことでなく、人間としてまた民族として、この已《や》むにやまれない情熱、道心というものから学問をし、相交わり、相磨き合うということを生命にいたしておりますので、とくに私はいつもこの情味というものを大切に考えるのであります。

理論のいろいろ

理論にいたしましても、理にいろいろありまして、論理というものがあります。これは大事なものでありますが、しかしそれだけでは、あまり実がありません。論理が更に人間に結びつくと、情理となります。よく「情理兼ね尽す」と申しますが、情と理を二つにわけてはまだ徹しておりません。情が理となり、理が情となり、情と理が一つにならなければならんのでありまして、論理が情理になるにしたがって、実理となり真理となるのであります。

われわれは論理、理論を弄ぶものではなくて、この情理を尽すという意味において実理、真理に参ずるということを旨《むね》といたしております。そういうわけで、師友会の同人が、実生活にいろいろその成績を上げておられるのを見ることは、非常な楽しみであります。

一燈照隅と郷学

この師友会の数々の仕事の、あるいは使命のうちに、さきほど来、問題になっておりましたが、「一燈照隅行」ということがあります。自分らが一つ一つの燈火になって、自分ら互いの場を照らす。なにも大言壮語して、国をどうするとか、アジアをどうするとか、世界をどうするとかというのではありません。それもまことに結構なことでありますが、それよりも何よりもまず自分の場を照らす、一隅を照らすことが大切であります。これはご存知の伝教大師の名言であります。(『山家学生式』参考)

その一燈照隅の一つ、この時世に当ってそれぞれの郷土・郷土に私どもが持っておりますす先哲を研究し、表彰するという「郷学」。いわゆる「教学」でなくて、郷土・郷土の先哲の学問・業績を研究表彰するという意味の「郷学」、すなわち故郷の学、こういうことを私どもは相提唱してまいったのでありますが、昨今それが顕著に現れてまいりまして、全国にわたり非常に盛んになってまいりました。これもたいへん楽しい事実でございます。この間も、愛媛県の師友協会がその有意義な一つの催しを開きました。

実はその前年に関西師友協会その他が協同いたしまして、近江の小川村の藤樹書院で中江藤樹先生のお祭りをいたしましたが、それが非常な反響を生じまして、愛媛県でもこの九月に今いった催しをやったわけであります。先生が十三歳から二十七歳までおられた大洲《おおず》で、市当局と愛媛県師友協会とが共催して大々的にやりました。あの伊予の山間僻地に八百を超える人々が集まって実に熱烈盛大な顕彰会が行われました。その夜は有名な肱川《ひじかわ》の清流に、若き人々が主になりまして、幾艘もの舟を浮かべ、盛んな清遊を試み、吟詠の声が山水に響いて、ちょうどその昔、王陽明の弟子たちが試みた碧霞池（天泉橋畔）の清遊をしのばせるような美しい光景でございました。ごく最近も、千葉県下に茂原《もばら》という市がございますが、この地の出身で、幕末に東条一堂という大儒がありました。この人は、そこを出て江戸に学び、有名なお玉ヶ池の畔に、千葉周作の道場と相並んで、瑶池塾という学塾を開き、文武の双塾として全国の学を好む子弟が集まった。とくに幕末・維新の際でありますから、志士が多く集まって道を学んだ。その大先生でありまして、只今東京で有名な結婚式場東条会館の社主東条卯作さんは一堂先生の孫になるわけであります。そこでもやはり市長が主になり、それに千葉県師友協会が協賛いたしまして、東条一堂先生記念碑を建て、顕彰会をやりました。これまた大きな感激でありました。

その式場には六百余の人々が集まって、実に真摯な会合で、感動をその地方に与えたようであります。こういうことはすぐ町の有志やあるいは政治情勢に反応するから有益なのであります。頭ごなしに教育問題だとか、市政刷新だとか論じても、容易に通用しないばかりか、反撥が多いのでありますが、そういうことを一言もいわぬのに、こういうことが行われると、すぐそれぞれの立場に反応する。思わぬ妙味があります。そこに論理ではない情理、実理、真理があるわけです。

それと数日を隔てまして、今度は埼玉県の師友会が例会を岩槻《いわつき》という所で開きました。ここは、（大田道潅ゆかりの）旧大田藩でありますが、ここに児玉南柯《なんか》という学者がありました。この人は藩士のお師匠であり、藩政の顧問であり、立派な学者・教育家でありましたが、この藩の学校——学塾がいまも保存されております。遷喬館《せんきょうかん》と申します。「遷喬」とは高きに遷るという意味で、『詩経』の小雅の中の詩から出た言葉でありますが、（注、『詩経』小雅、伐木《ばつぼく》・「出二於幽谷一遷二于喬木一」）ここで顕彰会をやりました。これも意義深い有益なものでありました。

今月になりましてからも、そういうことが各地の師友会で行われました。つい先日は、東京で全国大会をやりましたが、これまた未曽有の盛況でありました。政界・財界方面からも、こういう会合にめったに出てくることのない人々が沢山やってきて、みんなと同じに混り合い、終始敬虔に聴講しておられる姿は美しいものでありました。それらに引続いて本県のこの十周年記念大会であります。

養生

閑話休題といたしまして、今日は「東洋的養生の学と行」ということで、お話をしたいと思います。「東洋的養生の学と行」とは、何だかむずかしい題でありますが、実は、これは力富さんがきっと喜ぶだろうと思って、ちょっとこんなことにしたのであります。本当は「養生」という二字でいいのでありますが、力富さんは教育関係、思想関係の出版をされておりますので、どうもついこういう風にした方が向くらしい。ちょっといたずら気を出したとも申せるわけです。当地の師友協会も十年になりました。ぼつぼつ会員にも大いに生を養うということに魅力があろうと、老婆心もありまして、こういうことを考えたのであります。題を見ますると、何かむずかしいことを言い出しそうであります。実はそうでもありません。ごく卑近なお話、かえってそれだけ皆さんの実生活にはおためになろうと思うことがあるのであります。私自身そういう知的興味・理論的興味は大いにありますが、今日は場所柄、自分の切実なる生活体験から、学問的にも大切なお話を申し上げたいと思うのであります。

若気の不養生より悟入

私は若い時はずいぶん不健康でありました。それは当然自分に責任があるのであります。私は精力や覇気の捌《は》け場がなくて、またいろいろ学問や求道上の悩みもあり、時局に対する失望もあって、自ら不養生をしました。毎日のように一升酒を飲んで徹夜の勉強などをやりました。

自らうまくもないのに無理に飲んだのではありません。自然に飲んだのであります。そうすることによって、いくらか覇気や不満を散じておったというわけであります。したがって毎晩のように胃酸を吐くというようなことで、てっきり胃潰瘍か何かで血を吐いてまいるだろうと、よく知人から咎《とが》められましたが、それに対してもあまり意に介さぬ、あるいは、内心ひそかに一種のマゾヒズムとでもいいますか、また至らぬ無常感というようなものもあって、青年時代というものは、なかなかおもしろいもので、お構いなしに一升酒を飲み、夜ふかしをして学問しておったのであります。

こんなこともありました。いつ頃であったか、無窓国師のことを調べておったら、足利尊氏は非常に偉いと褒めておる。彼に人の真似のできない長所が三点ある。第一はいかなる戦場に臨んでも恐怖の色がなかったということ。第二は部下に対して、依怙贔屓《えこひいき》というものが全然なかったということ。第三は一切《いっさい》物惜しみということがなかったということ。大官だの、名士だの、富豪だのというても、人間というものは妙なもので、案外、とんでもなくけちくさいとか、貧乏くさいとか、何か癖があるものです。ところがこの将軍尊氏に限って物惜しみということが全然なかった。それらはまだ必ずしもできないことではない。それよりも更に感服にたえないことは、「酣宴乱酔《かんえんらんすい》の余《よ》といへども、一坐の工夫を為《な》さずんば眠りに就《つ》かず」とある。どんな宴会に出て、べろべろに酔払っても、帰ってくればちゃんと坐禅し思索しなければ寝なかったと、こういうことがあった。これくらいのことは何かあらんというわけで、やってみたが、本当にできません。やってみて、しばしば坐禅を組んで引っくり返ったり、居睡りしたのをいまだに憶えておる。尊氏ごときにできることが俺にできぬことがあるかなんてことも考えまして、これもわざわざ毎晩痛飲してやってみた。こういうところにまた若い時の稚気もあり、覇気もあり、元気もあるんでしょうね。

ところがこれは学問のお陰でしょうが、ある時期につくづくと「これはいけない。こういう考えや、こういう生活はいけない。これを客気というので、冷静に反省すれば、つまり修行の誤まりである。そもそもこれでは人物も小さい。もっと人間は余裕綽々、悠揚迫らず勉強せんといかん。そういう心境をもたなきゃいかん」というようなことを心の底から感じた、悟ったと申しますか、そういうところに気がついたわけであります。ところがそうなると、またいろいろ気がつくのですね。昔からとくに東洋の哲人といわれる人々を調べてみると、案外深い智慧をもって養生の道を研究しておる。それから儒学者というものを調べてみると、医者が多い。昔は儒医といって、お医者さんはみな儒学をやった。貝原益軒先生も、中江藤樹先生も、これはお医者さんであり、医学をやった人でありまして、藤樹が鈍物の見本といわれた大野了左《りょうさ》を一人前の医者に育てあげた話は有名です。

先生が自分の精力というものをこの了左に注《つ》ぎ込んだと述懐しておられるくらいであります。あの大哲人が、未曽有《みぞう》の鈍物にエネルギーを傾け尽くしたということは、世間普通の利口者からいうと馬鹿にもほどがあると、こういうわけですが、ところが本当の教育というものはこういうものだと思います。これは年若き母親が、ひ弱い、育つか育たぬか分らぬ子供に生命を賭けて、これを育てるというのと同じことでありまして、これが教育というものである。ということが少し年をとるとわかるのです。

まあ、そういうことで、こういう勉強の仕方ではいかん。やはりもっとわれわれの生というものを養わなければならない。「死生命有り、富貴天に在り。」(『論語』)という。たしかに人間の死生には命というものがあるが、しかしわれわれが生きている以上、「生命」というものは、尊重しなければならない。いわんや自ら求めて生を害《そこな》うというがごときは、はなはだ道でない。恥づべきことであるということを、しみじみ悟るようになりましたところへ、私が自分の私塾に四方より集まりました青年を、手をとって起居を共にして育ててみますると、見てくれはみな頑丈でありますが、意外に弱いのです。よく病気をするのです。それでいよいよ感じ入りまして、爾来秘《ひそ》かに養生ということについて学問的にもだんだん探求し、またいろいろの医学者・生理学者・薬学者その他いろいろの道の大家というものに自然と縁ができまして、その蘊奥《うんのう》を叩き、所信を聞き、これが私をして全く今日まで無事に生かせ、またその間多くの人を救うことができた所以であると、今日になってはたいへん喜びを感じておるのであります。

近代学問の変化——生の危機

また昨今、一種の精神的喜びを感じますことは、とくに思想界・学界が大いに変ってきました。表面だけを見ておりますと、一向《いっこう》わかりませんが、ちょっと内へはいるとたいへん変ってきました。素朴に哲学と科学に分けて申しますと、哲学の方は、もっぱら心の方を論じますから、それほど変りませんが、物、あまねく自然を対象とする科学は、非常な変り方であります。もう十年前の科学的なるものが、十年後の今日、驚くべき非科学的になってしまったものがたくさんあります。そうしてその科学が大いに哲学的になってきました。こういう変化は実に興味深いのであります。一《ひと》かど高い教養を持った人間だと心得て、このままわれわれの生活を迂闊《うかつ》に続けておりますと、とんでもないこと、誤りだらけで、一体われわれ日本人はどうなってゆくだろうかということが、とくに常々強く危ぶまれるのであります。これを詳しく申し上げると、それだけで時間が無くなってしまいます。よく私が序論だけで時間をつぶしてしまって、本論に入らずに終ってしまうといって、力富さんに叱られます――と言いながら、実は先生、その序論だけでよいとも言ってもらうんですが、まあ今日はできるだけ終りまでやらねば相済みません。それで道草を食っている暇はありませんが、一例をあげますと、みなさんもよくご承知のことで、この頃、病人が実に多いですね。「病気ではないが、健康ではない」という名言（A・カレル『人間――この未知なるもの』）さえある。別段これといって病気をしておるのではない。活動しておるのだが、医者からいうと、決して健康ではない。働く病人と申しますか、無自覚的患者というべき者が実に多い。これは今日の文明生活の本質に関する問題として、あるいは現在顕著な公害問題として一般の異常な関心を起しております。日本の新聞だの、テレビだのを見ている方々は、誰でも気がついておられるでしょうが、日本人ぐらいたくさん薬を飲むものはないのです。みんな何か薬を飲んで生きておる。眠るのに薬を飲む。勉強するにも薬を飲む。勧めるにも薬を飲む。ゴルフをやるにも薬を飲む。その薬も漢方薬のようにおだやかな薬は、まどろっこしくて、インスタントに効く薬でないと売れぬそうでありますが、むやみに薬を飲む。製薬会社が九十何億円という宣伝広告費を使って儲かるのであります。

糖価安定法などで、議会も騒いでおりますが、砂糖に黒い霧がかかっているといわれます。しかるに、養生問題としても、これは厄介で、世界的に「三白《さんぱく》の害」――白い米、白いパン、白い砂糖――これらは現代文明社会の有害物として問題となっておる。製薬会社が多額納税者に挙げられるということはどうも善くありません。九十八億円広告できるくらいに売れるんですね。広告費に百億の金を使えるぐらいに売れるんです。あるいはそれだけ広告に使ったから売れたのかも知れません。

更にまた日本人はいまや神経衰弱・精神障害・変質者、一概《いちがい》にいって、精神病が、いまや昔のように、特異な病気ではなくて、胃病だの、風邪だのと同じぐらいのありふれた病気になったという専門家の説もあります。恐ろしいことです。もっと不快な問題はアヘン吸飲患者、麻薬患者が激増しておることです。これははっきりわかりませんが、何十万にも達しておるということです。病気ではないが、精神的に、人格的に麻酔にかかっておる患者が多いということは、更に重大問題であります。国際連合の麻薬関係専門委員会の調査によりますと、医療用として世界的に許されておる麻薬の総需要量は三百トンだそうです。ところが、先般ソ連の「プラウダ」が公表した記事によりますと、中共は、雲南や広東などの国境方面に盛んに麻薬栽培をやり、約八千トンを生産しておるそうです。その中の七千七百トンというものは密輸出して、判明しておるところでも、約五億ドルの収益を上げている。しかもその麻薬たるや、昔のアヘン戦争のときのアヘンに比べてその十倍も強力なモルヒネ、そのまた十倍も強力だというヘロイン、こういったようなものを、どんどん作り、原料で出すよりは製品で出した方がよけい儲かるというので、日本の製薬機械のプラント輸入をして、これを転用して製造しておるということです。その数億の金をもっぱらバンコックルートや香港ルートで外国へ出しておるのです。専門当局の調査によりますと、その約三分の一が日本にきておるという話であります。

これはなさけないことです。このあいだの東京の中央大会でこれを取り上げて私は痛論したのでありますが、アヘン戦争というものがどうして起ったか。香港というものがどうしてイギリスの手にはいったか。これはイギリスがアヘンを売り込み、これを清朝が弾圧した。それを怒って、報復戦争をやった、いわゆる鴉片戦争（一八三九）です。その結果香港を賠償に割譲させたのであります。今日は問題外なので差し控えますが、まあそういうことで、中共が対日革命工作のために麻薬まで使っておる。麻薬によって得たところの金を日本に投じて、これに麻酔しておる思想家・政治家・ジャーナリスト・社会運動家・労働運動家などたくさんいるわけです。直接ではないが、間接麻薬吸飲者がたくさんいるのです。これは恐ろしいことです。仔細に観察いたしますと、現代文明、日本内外の環境は、恐るべき多くの脅威の下にあります。このままいりますと、いろいろの意味で、われわれの生が破滅する危険が深刻にあります。

そこでこの際、われわれがわれわれの生を養う、生を全《まっと》うするということは、非常に大切なことであります。生というものが大切だということを動物的にではなく、人間的・精神的にわきまえねば、たとえば真剣に学問修行をしておったと思う私自身がまったく生を知らず、かえって生を害《そこな》っていたのと同じことで、生の大事なことなど誰でもわかるとはいえないのであります。

生は天地の大徳——元亨利貞

『易経』の繫辞《けいじ》伝に「天地の大徳を生と曰ふ」と説いております。この『易経』という書は偉大な生の力（動）学ともいえるものであります。生は天地の大徳である。区々たる人間一身の問題ではない。天地の大徳である。この生の潑剌《はつらつ》として営まれてゆく姿が「生々これを易と曰ふ」ものであります。だから易は「生きる」という意味です。ところが、この生を観察してみると、そこに深遠な理法がある。

世間普通の人々は、たいへん誤解して、易というとわれわれの宿命——いつまで生きるとか、何歳で死ぬとか、成功するとか、失敗するとか、何かわれわれにはもって生れた運命というものがあって、その運命というものによって、ちゃんと一生のことが予定されておる。その予定を解明・指示してくれるものが易である。というように考えて、そうして易者の所へ行く人がずいぶん多いようであります。この世の中で何が一番知りたいことか。

実はみな自分を知りたいのです。ところが、易というものは、そういう浅はかなものではないのでありまして、天地生々の理法、したがって天地の大徳にしたがい、人間はいかに生きるか、いかに生くべきかということを体験に徴して教える学問であります。

ところが、天地の生というものは、これをいい換えれば、化《か》・変化であります。不易のなかの変化であります。その『易経』の乾卦篇に、生の作用として「元《げん》・亨《こう》・利《り》・貞《てい》」という四つの作用を説明しております。この四つは更に一「元」に帰することができる。元・亨・利・貞は一元になる。

元という字には少くとも三つの意味がある。空間的にいうと、本《もと》という意。それから時間的にいうて、初めという意味であります。昔、西野元《げん》という名士がありましたが、あの名はやはり「はじめ」だそうです。もう一つは、部分的存在に対する「全体」の意味であります。

でありますから、これは摩訶《まか》という言葉と同じです。摩訶という言葉は、仏典に出てまいります言葉ですが、これは翻訳できないですね。梵語の「マカ」「マハ」——これには、「数」でいうと「多」の意味。「量」でいう「大」の意味。数だの量だののほかに「質」でいうと「すぐれた」という意味をもっておる。いわゆる「勝」です。大・多・勝、少くともこの三義を含んでおって、どの一つを取り出して限定するわけにもいかぬので、「マカ」あるいは「マハ」という。

同じように、元は、「もと」「はじめ」「全体性」の三義を含む。だから「元に」と書いて「おおいに」とも読む。だから「元気がある」ということは、これを何気なく使っておりますけれども、たいへん学問的用語であります。非常な深い意味をもっておる。むやみに威勢のいいのをいうんじゃないんです。われわれの生活の「もと」になり、「はじめ」になる。また、スケールの大きい、分割・分析のできない渾然たる、この「全き」という意味――完全という意味を含んでおるのでありまして、「あいつ、きのう元気だと思ったに、今日会ってみたら、ペシャンコになっておった」などというのは、これは元気ではないのです。こういうのは「客気」といいます。お客さんです。きのう来たと思ったら、今日はもう居なくなった。あんなのは元気ではない。元気とは、われわれの一切の生活・活動・存在の本質になるエネルギーのはたらきをいうのであります。

この「元」のはたらきが展開して「亨」(とおる)、つまり途中で屈してしまったり、行き悩んだりなんかしない。どこまでも「とおる」。だから「亨」という字を「とおる」と読みますね。亨通(出世する)などという。それは、いろいろの作用を活発に行わせる。そこで

「利」といいます。

「利」は、われわれのあらゆる作用の活潑なことをいうのであります。だから「利《き》く」、薬が「効《き》く」という「きく」に使います。皆さんのよく知っておられる、足利尊氏、これは「足利」と書いて「あしかが」と読みますね。何でこの文字を「かが」と呼ぶのかと思って調べてみると、これはやはり文字学で説明をしておりまして、この偏《へん》はもちろん稲、作物ですね。旁《つくり》の方は、これを切る刃物であります。これは研《と》ぎすましてよく切れるほど好いわけでありますから、そこで刃物がよく使えると、役に立つという意味、それから、それはどうせ、ぴかぴか光らせてあるから、輝くという意味になるのです。だから「あしかが」と読むのだそうです。しかもそれは、終始一貫したものでなければならぬ。「今日よく切れたのが、明日はもう切れない」というのではいかんので、変らない不変性がなければならない。それが「貞」であります。

「貞」は「さだ」とか、「かたい」とかいう。元のはたらきを述べるというと、亨・利・貞になる。亨・利・貞は、一元に帰する。元・亨・利・貞が生のはたらきである。「生きている」ということは、われわれが元・亨・利・貞であるというのである。だから私どもの生活、私どもの存在は、元・亨・利・貞であるかどうか、ということを常に反省すれば、これは生活の大きな基準になるわけですね。法則・拠《よ》りどころになるわけであります。

この元気は、人間だけの持っておるものではなくて、宇宙――万物に通ずる生のはたらき、すなわち天地の大徳である。これをまた元と同じ意味において、「一」といい、「太」の字をつけまして「太一」という。「一」を少し曲りくねらせると、ちょうど春に出た芽が、寒気にあって蠕動《ぜんどう》する、曲折する。それが「乙」という字でありますが、だからこの「一」を「乙」の字でも書きます。元気というのは、いい換えると、「太一」「太乙」である。その「一」なるものは、万物の本《もと》であり、無適の道であります。無適の適は、敵対の敵ではなくて、相対すなわち対《つい》するという文字、ものは相対から成り立っておる。とくに、東洋民族のほとんどすべての思考的原則になっておるものは、「陰陽相対（待）」の理法であります。今日では、科学がこの陰陽相対の理法を活用しております。相対は相待であり、「無敵の道」は「無適の道」。「相対」が対照しつつ、融合・亨《こう》通する。元・亨・利・貞する。これが宇宙生成化育の自律であります。

われわれに大切な根本的な生、これに順《したが》うのを善と謂《い》い、これに逆らうのが悪であります。中共政権を許すことができないのは、この生を無視するからであります。生を軽んずるからであります。さっきの麻薬のごときもその例でありますが、近頃の紅衛兵運動をご覧になってみてもおわかりでしょう。人間の生というものを眼中においていない。生を軽んずること、塵芥《ちりあくた》のごときものがある。これは少くとも、人間的・東洋的でない。断じて中国的でない。この生のエネルギーともいうべきものを「気」というのであります。

生と気

気（氣）という字について古典を調べてみますと、このごろ考古学が盛んになり、いろいろ発掘が行われて、昔の文字が大分解明されるようになりましたが、古く殷《いん》代に使われておりました「キ」という字を見ますと、われわれが今「既《すで》に」と使っておりまする「既」という文字やら、それから、「米」のない「气」が使われているのです。「既」の文字の左の方は、器物に食物を盛った象形文字である。あるいは、その香りをいう。右の方にありますす文字は、——食物に向っている人間の象形文字であります。あとの文字、すなわち「气」は、屈曲して上る湯げのようなものをさす象形であります。「气」から「氣」という字が出てきます。人間は火を使うことから、いろいろ発達しましたが、そういうことを表わしています。それから米を作った。食物を作ったところから、「氣」を生じたのです。それから、氣が発達すると、これが人間にとって、めでたくもなり、悪くもなる。後の方にもっぱら

「氛」を使います。

この「无」と「氣」とがのちに通用するようになり、やがては「炁」も使われるようになりました。シナで老荘系統、道教系統の古典には、このむづかしい「炁」の字が多く使われております。

まあ、こういうのを見てくると、非常に古くから人間は、われわれの存在、われわれの生の根本的なものを探求しておったことがよくわかる。

気を養うこと

そこで、われわれは「気」を養うということが、一番根本の大事です。いわば生のエネルギーを養うということ、いい換えれば「元気」ということが一番です。元気がないというのは問題にならぬ。しょぼしょぼして、よたよたして、一向《いっこう》に反応がないなんていうのは、論ずる価値がないので、とかく人間は有形無形を論ぜず、元気というものがなければならない。元気というものは、つまり生気であります。生のエネルギー、生々《いきいき》しておるということであります。

われわれの第一義は、ぺしゃんこになったり、ふらふらになったり、よたよたになったりしないで、常に生気溌剌としておることです。道徳だとか、信仰だとかいうものは、悩める者の逃げ場所であると思っている人が随分あるのですね。大きな間違いであります。道徳とか、信仰とかというものは、生の高い形態であります。これは、もっとも元気に富んでおらねばならないことです。したがって元・亨・利・貞で、まっすぐに通達しておらなければならぬ。

弘法大師の密教を調べてみますと、弘法大師は弟子をとるのに非常に厳しかった。めったな者を内弟子にしなかった。今日から見れば差別的とも見えるかも知れないが、目が一つつぶれておっても、指が一本足りなくっても弟子にしなかった。よくよくできた人間でない限りは、弟子にしなかった。なぜかというと人間というものは、精神的欠陥には割合に無自覚だが、形態的にはおかしいほど神経質で気にかける。指が一本なくなっても、もう気にする。

目がつぶれているとか、耳が欠けているとかすると、もう人前へ出ないとか、出られないとかいうような、まことに意気地ない、ひがみ易い。そういう者は、入道・人を救う僧となるような力はないといって入門させなかった。五体円満で、なおそれに満足せずに、もっと尊いものを求めてやまぬ者であって、はじめて入道することができる。心に自己卑下をもつ、インフェリオリティ・コンプレックスをもつ、そんな者は得度の資格はない。というのが、大師の弟子に対する入道のやかましい原則であった。だから目が片方つぶれておったり、指が一本なくっても大師の弟子になれるのはよくよくの人物でなければならなかった。私はこれに大いに共鳴するのです。

貧乏したから信仰に入ります。病気だから救いを求めます。こういうのは無理はない。当り前ではあるが、しかしそれは至極《しごく》でない。あらゆる者、悩める者に救いは必要だけれども、真の道に入るためには、五体完全、生活条件が円満具足しておって、なお且つその上に求めるというのが、これが本体です。これがわからぬから、「わしはもう食うにも困らんし、身体は丈夫だし、なにも信仰だの、宗教だの要らぬこと」という愚物が出てくる所以であります。こういう連中は道とか、求道とかいうことが根本的にわかっていないのです。

元気というものは、したがって世にいう人物というものの、一番の原則であります。あれは人物である、あれはまだ人物ができておらん、などとよくいいますね。人物学というものは実におもしろいものでありますが、これが今日のいろいろな専門の学問にもなっておりますが、皆さんがとにかくしじゅう使っておられるこの「人物」とは、それではどういうものかというと、案外これが皆わからない。これは人間にとって、もっともおもしろい学問の一つであります。

その人物の第一原理あるいは根本原理は、やっぱり「元気」にある。元気があるかどうかが、一番大切であります。そのまがいものが客気です。

元気というものがあって、はじめてそれからいろいろの精神内容・人格内容が生れてくるのです。元気は、天地の大徳、つまり生々化育・造化の力ですから、あらゆる人間内容はここからできるのです。

生理と性理——陰陽相待の理法

われわれの人格生活は一般の生命活動から発展したものですから、その意味で古来生の字に忄（りっしん）偏をつけて「性」の字をつくってある。動物なら生理でいいのでありますが、人間となると「性理」が本当であります。だから漢学では、とくに宋代以後、人格生活の学問を「性理学」と申します。その性理学は生理学と不可分で、それで昔の儒者は多く医者でもありました。この頃は性理などといったら、セックスの理法かなと思うかも知れませんが、それよりもっと本然の意味であります。

生理・性理を通じて陰陽二気の作用が東洋の思考律になっておる。その陰陽というものを説明したいが、これまた時間がないし、皆さんはある程度了解しておられると思うので略説しますが、陽のはたらきは、生の創造・化育のなかの発動・表現・分化、ちょうど一本の樹を例にとれば、根から幹が伸び、枝が分れ、葉がつき、花が開き、実が成るというふうに、外に発動・分化し、繁茂してゆくはたらきです。

これを統一し、含蓄して、全体性及び永続性を維持するはたらき、これを陰とします。陽気がなければ、発動繁栄できない。しかし、これに傾くと、末梢化し、分裂破滅してしまう。そこで、どうしても統一・含蓄、すなわちそれによって全体・永続を維持する陰の力が相待って、よく生成化育という天地の大徳——易が行われる。これを「中」という。この両者いずれが本であるかというと、明らかに陰の方が本体ですね。ただ、あんまり陰に傾くと、抑制が過ぎて、固定し化石化してしまう。陰陽は相対的であって且つ相待的であるが、どちらかというと、陰が体で、陽は用であるといえるから、生理からは、アルカリ性が陰で、酸性は陽であるわけですが、どちらかというと、少し陰原理的すなわち弱アルカリ性がいいのです。これはもはやあらゆる生理学者・医学者・栄養学者たちの常識として知っておることです。われわれの息も汗も血液も、したがって弱アルカリ性でなければばならない。酸性にしてはいけない。胃酸過多などはやがて胃潰瘍、胃潰瘍の次は胃癌などになる。それではいかんのだというわけです。

私が猛烈な胃酸過多を容易に克服した一つに、梅干番茶がある。師友同人にどれぐらい梅干を食べさせておるか測り知れない。このなかにも、必ずや、実践者がおるでしょう。梅干なんていうと、つまらぬ非科学的食品と思っておった人が多かった。この頃は梅干はノーベル賞の材料になったのであります。大阪の赤十字病院長などされた長谷川卯三郎医博の著書に『医学禅』があります。そのなかにわざわざ一章を設けて、梅干の化学的性能をクエン酸サイクルの説、クレーブス教授の研究などにかけておもしろく説いてあります。

明治時代、京の西陣での話ですが、もっとも熟練した染色の女工は色を二万通り見分けたそうであります。コティーの香水会社の一番の熟練者は、暗闇で花を香りだけで、七千通り嗅ぎ分けたそうです。人間の感覚というものも、偉いものですね。まあ、そうなるとわれわれの眼だの、鼻だのは節穴みたいなものだと、つくづく思う。ところが、その染色のエキスパートに強制的に梅干を食わせるのだそうです。しばらく梅干を食べないと、駄目になるそうです。それぐらい効くものです。胃酸過多症は、よほどの特異体質でない限り梅干を食えば癒《なお》る。梅干に少し醤油を落しまして、それに熱い番茶を注ぐ。梅干番茶、これは昔からおばあさんたちが子や孫に必ずこれをやらせたものです。朝食の二十分三十分前に、含嗽《うがい》をしたら、すぐ梅干に少し醬油を落して、熱い番茶をさして、ほとびさせ、塩を落して、実の厚い大粒なら一個程度。私は頑固な胃酸過多症を一ヶ月でよくしまして、それから何十年、胃酸過多など忘れてしまっております。この名古屋医大で老人医学で学位をとった竹内大真という方、今、横浜の保土ヶ谷に居られますが、この人が大学の先生時代には、いまどき、まだ鍼《はり》だの灸だのというものが行われているということは、現代医学の汚辱であると思っておった。ところが、だんだん勉強してゆくうちに、どうもだんだん恐ろしくなって、東洋医学をやり出し、それに魅せられてとうとう漢方医になり、今日は灸専門家になっておられる。この先生が先日そのレポートのなかに、また梅干と豆腐のことを詳しく説明しておりました。が、長谷川卯三郎氏の『医学禅』にも豆腐のことが、梅干と並べて書いてあります。これが今の「弱アルカリ性」の意義、効用に通ずるものであります。

この理法で申しますと、人間はアンビシャス、野心的と訳しては少し悪い。意欲的としましょう。その反がリフレックシブ——反省的です。どっちも大事なものであるが、どちらかというとやや内省的なのがよい性格です。少し欲が強すぎるというのは酸性です。少し反省的であるというのは弱アルカリなわけ。欲に目が眩《くら》む、欲ぼけなどは、酸毒（酸敗）症です。男女で申しますと、もちろん女は陰性で男は陽性でありますが、家庭でならば、どちらかというと、いくらか「かかあ天下」という方が平和です。もちろん偏するといけない。アチドージス（酸毒性）に対するアルカロージス（アルカリ敗疾）になるわけ。家庭で威ばる夫や父親は病的です。

元来、東洋政治学でいいますと、役人とか政治家というもの、公共の仕事に携わる者は、ちょうど家庭における婦人と同じことでありまして、一般国民より少し反省的・精神的・道徳的でなくてはならない。これが国民の多欲と不潔とを代表するようなことになったら、これも救いがたい酸毒症でありまして、どうも今日の日本の議会、民主主義と称するものは怪しい。決して正しい民主主義ではない。今日の政界の有様を見ておると、癌なら末期症状ではないかと思われるほど、憂慮に堪えない。これを救うには、よほど名医がそろわぬといけない。その意味で、今後の総選挙は、私は国民及び国民指導者に重大責任があると思います。真理は融通無碍《むげ》であります。

生を養うには生理に従うこと、食から身体（姿勢、行住坐臥）から、生活活動から、心の用い方から、すべてにわたって生理に従って行じなければなりません。いわゆる運動の面からも実行が大切です。歩くのも結構ですが、やはり歩き方が大切ですね。

それからテキストに「礼拝《らいはい》体操」という一項をあげてあります。このごろラジオ体操からはじまって、インドのヨガなどいろいろ行われています。ゴルフなど大流行ですね。まあ、それぞれ結構でありますが、日本人は一向《いっこう》原理・法則というものを大切に考えないで、むやみに飛び付く――流行を追うという異常心理があります。服飾というものでもそうですね。時々私が見ておって、たとえば美的感覚がすぐれておらねばならぬはずの婦人などが、一体自分の姿を鏡にかけて見るのだろうかと思うような身に合わない服飾を、喜んでしておる者が多い。男にも少くない。ゴルフの流行でもそうです。私も諸外国のゴルフを見ましたが、――私はゴルフをやる暇がありませんのでやりませんが――さぞ楽しいだろうと思う。ただ日本人には果してこんなことでよいのかと思う邪道のゴルファーが目につきすぎる。健康という点からもはなはだ無関心で、ゴルフをやりさえすれば健康によいのだと思っておるのが多いらしい。イギリスなどのゴルフはやかましいものです。猫も杓子もやるものでない。それからゴルフをやるにしても、ゴルフクラブに必ずお医者さんがおりまして、ゴルフをやる前に身体の状況を調べてアドバイスする。

　日本のゴルファーがよくゴルフ場で頓死しますね。好い反省材料です。私どもの師友協会で「真向法《まっこうほう》」というものを奨励しております。私は多くの養生体操を研究してみましたが——私だけ研究してみてもいけないから、それぞれの専門家に託して検討してもらいましたが、いちばん生理学的によくできている一つがこれだということを知って、この「真向法」を自分でも実行し、師友協会の同人にも極力薦めてきました。そうして非常に効果をあげております。これは生理的のみならず、性理的、人間的にも非常に効果があります。これは東大のインド哲学の大家であります長井真琴博士の令弟の長井津さんが、若くして脳溢血で倒れ、半身不随になってから発案されたものです。この長井家は福井県の、日本では数少い勝鬘経《しょうまんきょう》のお寺です。ご承知のように聖徳太子が大乗仏教をお採りになり、そのとき所依の経典を三種選ばれた。法華経と維摩経《ゆいまきょう》と勝鬘経。勝鬘というのは、国王の后《きさき》の名前です。勝鬘夫人《ぶにん》といいまして、婦人のためのお経です。長井家はその勝鬘経のお寺です。お兄さんは仏教の大家になられたが、弟さんは大倉喜八郎氏について財界に出て、若くして成功し、型のごとく不養生の結果、四十そこそこで、脳溢血をやり半身不随になった。それがもとで発心《ほっしん》してお経を読もう、まず自分の家に伝わっておるところの勝鬘経を読もうと志された。といっても兄の方は学者で、今さら兄の真似をしても仕方がない。兄は本読みだ。俺は身体で、日蓮上人のように身体でお経を読もう。つまり色読を志したわけです。勝鬘経は国王の勝鬘夫人が仏を礼拝されるところから始まっておる。そこで、まずその仏に対する礼拝、印度では五体を地に投じて行います。それからはじめようと思ったが、身体が半身不随で動かない。なんとかお辞儀だけでもしたいという一念、この一念は恐ろしいもので、やっているうちに、だんだん身体が動きだしてお辞儀ができるようになった。嬉しくなって、それからいろいろ礼拝に基づいて変化させて、身体を動かすことを研究し、書物を読み、教えを乞うておるうちに四通りの方法ができました。そのうちに脳溢血が癒ってしまって、ぴんぴんする健康体になり、そして七十何歳まで実に矍鑠《かくしやく》としておられたのですが、交通事故がもとで亡くなったのです。それでも人々がびっくりするように一ぺんは癒ったのですけれども、遂に亡くなられた。この「真向法」というのは、師友協会の『師の友』という機関誌にも出ておりますし、師友会同人はみな知っておると思います。本部は東京渋谷区南平台にあります。大学の生理学その他の専門学者に委嘱しまして検討してもらったのですが、これくらい簡にして要を得た合理的なものはないという折り紙つきでありまして、私自身、欠かさず毎朝晩これをやっているのでありますが、本当に良い――からこそ、この通り元気です。

こういうことは養生の単なる方法ではなくて、養生の学行といっていいものであります。ことに文明人は頭《ず》が高くなっておりますから、横着になっておりますから、朝起きるとき、夜寝るときに、礼拝体操をやるということは、懺悔にもなって非常に意味があります。

文化と抱朴

最後に「文化の中の抱一・抱朴」であります。「抱一」とは「太一」を抱くこと、「元気」を抱くことであり、これは植物でいうと、幹が一番良いシンボル、象徴であります。葉や花や実というものは、末梢的なもので、はかないものです。幹というものは「幹事」という、事を幹《おさ》むという大事なことであります。民族及び文化というものは、陰陽相待の理法、すなわち生の原理からいいまして植物も同様、できるだけ枝葉末節に、あるいは花や実、花実にならない。花ならば、適宜に捥《もぎ》る。果実も然《しか》り、いわゆる果断、決果です。でないとうまくありません。果決という言葉は、果物をもぎることであります。枝も剪定が大切です。人間の文化生活またしかり、適宜に原則的に、果決しませんと、枝葉末節に流れてはいけません。いい換えると、感覚的・享楽的・欲望的な生活を放縦にしておっては駄目であります。

まず朝寝をして、寝床から亀の子みたいに首を出して煙草を喫って、それからのこのこと欠伸《あくび》まじりで出てきて、食卓について飯を食って、煙草をくゆらしながらテレビを見て、コーヒーを飲んで、そそくさ仕事に出かけ、帰りがけにまた茶を飲み、酒を飲んで、ビフテキや豚カツを食って、映画を見て、くだらない性欲小説みたいなものを読んで、欠伸をして眠る。なんていうことで、長生きしようと思うなどは大それたことで、こういう生活をいかに果決するか、弱アルカリ性にするか、ということが絶対的に養生の原理であります。この原理を個人生活・家庭生活・職業生活・政治生活、大きくいって、文化——国民文化というものに応用してゆけば、人間は必ず幸福になるのです。それを欲望にまかせ、無反省にやってゆくと、みんな相率《あいひき》いて滔々として病的になる。そうして自ら衰亡して、いつの間にか、それも案外早く、地球上から没落するということになる。

この調子でゆくと、日本民族は油断がならんですよ。もう来年から世帯人員は四を割るということがはっきり厚生省の統計に出ております。世帯数が四を割るということは、どういうことか。一世帯に夫婦——両親というものがあるのですから、二だけは数に入らぬ。そうすると、子供が平均二人ないということですね。今や子供が一人か、せいぜい二人ということになるのですが、更に恐ろしいことは（なぜか、これについてはいろいろな議論もあるのですが、そういうことは、しばらくおいて）、生れる子供の女性が少くなってきておるのです。女の子が生れなくなってきておる。一人の母からいくら女児が生れるかを人口の純再生産率という。もう昭和三十七年以来、女子の生れる率が一を割っているのです。〇・七にまでなっておるのです。

女の子が生れなければ、娘一人に婿八人で結構だなんていう愚かな者もおるが、民族としてはそんなことをいっておれないので、いかなる英雄・哲人といえども、男は子を生めませんから、女の子が生れないとなったら、民族は減る一方であります。もう現にだんだんと青年の比率が老人に比して少くなってきております。ある時期がくると、民族は秋の末のように、蕭然たることになる。フランスがそうなって、昨今やっきになってようやくこのごろ、やっと人口増加率が上向いてきた。フランスはああいう老大国で、苦労してよくわかっておるが、日本のような生《なま》の国民性の国は、一ぺん人口が衰退現象を呈したら、なかなかあとに戻りません。今こそ学校をふやして、わいわい騒いでおりますけれども、一昨年大学へはいった学生が、小学校へはいったときの数と、今年小学校入学児童数と比較してみると、ちょうど半分になっているのです。だからやがて学生の数も半分になる。

もう現に各産業機関では労働力、ことに中・高卒業の人的問題に脅威を感じておる。民族全体としては、力仕事をいやがって、ホワイト・カラーになりたがるので、労働力に異民族——低開発国の民族が、どんどんはいってきつつあるのです。そういう点からいいましても、日本の国民的精力というもの、元気の衰微が心配です。駆け足ながら、今回は何とか首尾を全うしましたから、力富さんに叱られずに済みますが、しかし大きな題目を選んだために駈足講義ではなはだ不本意なことです。御諒恕下さい。終りにみなさん、次のような良い参考書がありますから、ほんの幾冊かを挙げておきますが、ご耽読をお勧めします。（昭和四十一年十一月）

参考書

竹内大真著『心とからだの健康の書』土屋書店
長谷川卯三郎著『医学禅』創元社
額田年著『歴史から見た養生訓』雪華社
天野慶之
金田尚志著『医者のいらない食生活』日本評論社
森下敬一著『失われゆく生命』生命科学協会

森下敬一著　『水と生命、その生理と生活科学』　同右
大木幸介著　『恐怖の人工毒』　実業の日本社
A・カレル著　『生命の智恵』　日本教文社
A・カレル著　『人間――この知られざるもの』　角川書店
R・カーソン著　『沈黙の春（日本訳名・生と死の妙薬）』　新潮社
現代日本漢方諸大家――荒木正胤・大塚敬節・寺師睦済氏等の諸著
栗原（宏至・源六・愛塔）共著『私の漢方医学』
安岡正篤著　『易学入門』　明徳出版社

養生閑話

不合理な私の日常生活

この春以来、気候が不順なせいか、ずいぶん亡くなる人が多くて、四月から五月にかけてほとんど毎日のように葬儀に出ました。さて、出てみると、久しく遇わなかったような人も見えていたりして、たいそうなつかしく思ったことであります。ところがそういう人たちが私の顔をみると、みないい合わせたように「先生は恐ろしくお元気ですが、何か特別の健康法でもやっておられるのですか」という。そう改まっていわれてみると、元気で長生きしておるのがなんだか悪いような気がするのでありますが、とにかくまあ、こうして元気で、病気らしい病気もせずにご奉公できるということは、本当に有難いことだと思っております。そこで今夜は、私の日々の健康法——というほどのものでもありませんが

――いささかお話しして、みなさんのご参考に供したいと思います。

考えてみますと、私の生活は常識からいうならば、実に不合理なものでありまして、他人のように決まった時間にきちんと起きて、決まった時間にきちんと寝る、というようなことは到底できません。そういう常識的な養生法をやっておったのでは、第一、学問もできなければ、ご奉公もできない、人のために働くこともできない。終日多くの人に会い、多くの会合に出て、出れば必ず挨拶やら、講演やらをやらされる。また内外から毎日のようにたくさんな書翰やレポートの類が送られてくるので、主《おも》だったものにはどうしても目を通さなければならない。自分の研究もやりたい。気がつくと、たいてい夜半を過ぎる。

夜半といっても、私のいう夜半は十二時ではなく、午後十一時であります。昔の時間でいうと子《ね》の刻です。子の刻というと、夜中の十二時だと思っておる人が多いが、これは真ん中をとった時間で、本当は午後十一時から午前一時までである。同じように「丑《うし》の刻参り」などというときの丑の刻も、午前二時ではなくて、午前一時から三時までの間をいうのであります。だから今日と明日との境目は午後十一時になるわけであるから、もし今夜十一時を過ぎて子供が生れると、日付は明日になる。

ところでこの時間の区切りが大事でありまして、精神的にも肉体的にも深い意味がある。

人間は夜の十一時になると、生理状況が変ってくるのです。内蔵諸器官には時計がある。肝臓や胆嚢は子の刻が充電期です。頭髪も、伸びるのはこの時間から丑の刻へかけてである。だからこの時間に寝ないと、頭が禿《はげ》る一番の原因になる。しかしそういうことをいっておると、私など仕事にならない。時には二時になり、三時になることも珍しくない。といって朝八時、九時まで寝ておることもできない。ことに昨今は電話が全国即時通話になりましたので、早朝・深夜は必ずおると思ってか、ジャンジャン長距離電話がかかってくる。やれ、博多だ、北海道だといわれると、出ないわけにはいきません。だからどうしても七時には起こされる。

そういう調子ですから、よほど舵取りをよくしないと、身体の持つわけがない。その持つわけがない身体が持っておるというのは、起居・動作・飲食が理法に合うておるからである。これは知らず識らずのあいだに良き師・良き友、あるいは良き書に教えられたお蔭であります。まったく師恩友益、仏法でいうならば、衆生の恩・法の恩というものです。

まず冷水に頭を冷やし眼を洗う

まず私は朝起きますと、顔を洗う時に必ず冷水に頭をつっこむことにしております。これが一つの楽しみで私は一生涯髪を延ばさない、といっても、それだけではありませんが、延ばさない理由の一つであることは確かである。そうして水の中で眼を洗うのです。開《あ》け閉《た》てしたり、左右に動かしたり、あるいは上下に動かしたりして眼球の運動をする。それが一通り済むと、今度は上から手で揉む。眼科の医者にいわせると、これくらいよい眼の養生法はないそうです。寒中など初めは眼球が凍りはせんかと思うくらい冷たいが、やっておると何ともいえぬ好い気持になる。だから山などへ行って、滾々《こんこん》と湧いておる清水を見ると、まず首をつっこんで眼を洗いたくなる。

私は母ゆずりで、子供のときから眼が悪い。もう中学時代には強度の近視で、高等学校へはいるとき調べたら、四度ということであった。これは一つは四条畷中学時代、登校の途中よく本を読みながら歩いたことも大きな原因である。いつかお話ししたことがありますが、或る時、いつものように高野街道を夢中になって本を読みながら歩いておったところ、牛にぶつかってしまった。その頃はまだ自動車などありませんから、車引きが牛や馬に車を引かせて荷物を運んでおった。さて、ぶつかった途端、私も驚いたが、牛の方もよほどびっくりしたと見えて、目を丸くして私を見つめておった。普通であれば、跳ねとばされるか、蹴とばされるかするのでありましょうが、そこは動物は正直でありまして、こちらが無心でぶつかったのでよかったのかも知れません。とにかくそういうことで私は眼が悪いのに、水の中で眼球の運動をするのが良いのか、未だかつて眼の病気をしたことがない。七十を二つも越すけれども、まだ近眼鏡でありまして、これを外せば新聞でも、外国語の細かい文字でも、たいていのものは読める。

真向法

それから書斎に帰って、窓を開け放して、しばらく正坐をする。正坐の秘訣は脊柱を正しく、肩や肘を張らぬようにして、丹田を充実することです。そうして一晩中の寝てたまっておる汚れた息を吐き出す。呼吸というものは先に吸っては駄目でありまして、まず吐いてから吸わなければいけない。われわれの息は普通肺活量の六分の一程度しか出していません。

それが終ると、今度は真向法をやるわけでありますが、その前に予備体操として首・肩の運動をする。首を前後に曲げたり、左右に曲げたり、回したり、また肩を揺り動かしたりして、坐禅をするときにやるのと同じようなことをやるのです。

真向法については、今更説明するまでもないと思いますが、これくらい簡易化された良い体操はありません。もともと私は学問をしたために、学理的に証明されなければ何事もやらない。だから真向法も、大学の医学や生理学の友人に頼んで検討してもらったのです。ところがたいてい健康法とか、養生法とかいうと、それぞれみな特長はあるけれども、同時に反面欠陥があるのが普通であるが、真向法に関してはそれがない、実によくできておる、という理論的証明を得た。それで自らもやり、人にも奨めておるわけであります。真向法をやると、今日は身体に異常なしとか、腰のあたりが少し変だとか、その日の健康状態がよくわかる。

朝食の前に梅干番茶

さて、真向法が済むと、今度は朝食でありますが、私は朝食の前に必ず梅干番茶を飲みます。これは子供の時にお祖母さんから教えられて、もう何十年も続けておる。梅干は肉が厚くて、なるべく古いほど良い。それを熱い番茶の中に落して喫する。梅干番茶はもっとも新しい医学からいうても、たしかに良いものであります。イギリスのクレーヴスという科学者は、クエンサン・サイクルの理論でノーベル賞を貰った。これは陰が陽になり、陽が陰になる陰陽相待の理法をクエン酸で発見したものであるが、その理法をもっとも簡単明瞭に実現しておるのが、この梅干番茶である。

だから梅干番茶にはノーベル賞の副賞くらい出しても良いはずでありまして、まあ、それくらい結構なものである。これをやると、梅干の酸は胃にはいると、胃の酸化を防いで弱アルカリに作用する。人間の身体は、相待性の理論からいうても、弱アルカリにしておくのが一番良い。たとえばガン菌が身体の中にはいっておっても、身体が弱アルカリであれば、全然作用しない。だから毎朝梅干番茶をやっておれば、ガンだの、何だの、といって心配する必要は少しもないわけです。

飢え来れば食い、倦み来れば眠る

ところで朝食でありますが、これは摂《と》ったり、摂らなかったりで、空腹を覚えれば食べるし、覚えなければ食べない。陽明先生のいわゆる「飢え来《きた》れば飯を食《くら》い、倦《う》み来れば眠る」という調子であります。もっとも身体が要求するといっても、本能的欲望ではなくて、あくまでも自然の理法にかなった要求である。しかしこれは少々修練をしなければわからない。

眠るのもそうでありまして、やれ、何時間寝ないと身体に悪い、などとよくいいますが、私はそういう寝方をしない。けれども眠らぬと衰弱するから、寝たい時に寝るようにしておる。だから車の中でも、椅子によりかかってでも、机の前でも、眠ろうと思えば、いつ・どこででも眠れるようになっておる。人間が本当に無心に眠る、いわゆる熟睡というものは、普通は三、四十分から五、六十分、最大限七十分くらいなものだそうであります。あとはうとうと夢を見ておる。「人生は夢の如し」というが、本当に大部分は夢なのです。八時間の睡眠といっても、その間に何回か夢を繰返すだけで、熟睡の時間というものはわずかなものである。だから熟睡すると早く目が醒める。

その証拠に、たとえばうんと酒を飲んで酔うと、夜中に目が覚める。それは熟睡するからです。もっとも深酒は身体に悪いから、せっかく熟睡しても、プラス・マイナス零になってしまう。いずれにしても、睡眠時間を長くとることを考えるよりは、熟睡することを考えればよいのです。一晩に本当の熟睡を二度くらいやれば、あとは起きてはたらいておる合間《あいま》に、十分か二十分ぐっすり眠ればよい。もっともそれがなかなかできないので困るのです。この辺でちょっと二十分ばかり眠ろうと思って、好い気持になってソファに横になった途端に、電話がかかってきたり、人が来たりして、なかなか昼間は思うように眠らせてくれない。

常に身体を弱アルカリに保つ

飲食については、なにはともあれ胃腸を弱アルカリにすることを考えて、身体を酸化させるものを飲食しないことが大事です。そこで何が酸性で、何がアルカリ性であるかを知る必要がある。しかしこういうことは少し注意して書物を読んだり、人の話を聞いたりしておれば、すぐわかることです。たとえば卵はなぜ悪いか。卵黄くらい酸性の強いものはないのです。牛乳も酸性が強い。だから成長盛りの子供には良いが、四十歳を過ぎたものには必要ない。進んだお医者さんの中には、栄養よりもむしろ身体を破壊する方が多い、という人があるくらいであります。しかしそういうものを口に入れないと、なんだか栄養にならん、したがって身体が持たん、というような悪い常識が患者にできておるので、治療上患者を気丈夫にさせることも大事だから、やむを得ず食べさせたり、飲ませたりする。年寄りには卵や牛乳は、豚や牛の肉を食うのと同じく悪いのです。

蛋白なども、ビフテキの一皿よりも、納豆の一皿を食った方がよほど良質の蛋白補給になる。そういう弱アルカリにする食物を、年をとるほど考える。ビフテキだの、トンカツだの、というようなもので酒を飲むなどということは以ての外であります。日本では昔から酒飲みは酢の物が好きであった。あれは実に合理的である。酒を飲む時には、できるだけ酸を中和して、弱アルカリに持ってゆくような、淡泊なものがよい。この頃であれば、ワラビだとか、ゼンマイ、ワカメといくらでもある。キュウリなど大いに宜しい。ただし、この頃は野菜物や果物にまで、色をつける、味をつける、時には防腐剤を入れたり、つや出しの薬までつける、といった調子で自然の食物まで汚染されておるから、よほど注意しなければいけない。実にどうも悪趣味というか、悪知恵というか、悪商売も困ったことであります。

季節のものを季節に食べる

もう一つ飲食について大事なことは、季節のものをその季節に食べるということです。走りものだとか、時期外《はず》れのものはなるべく避ける。この頃は技術が発達して、季節を無視していろいろ作物が作られておる。これも気の利いたようで、本当は大きな間違いです。やはり季節のものを季節に食べるのが一番良い。春にはワラビを食べ、夏にはキュウリやスイカを食べることです。

よく「秋茄子《なす》は嫁に食わすな」と申します。しかしこれは、姑が意地が悪くて嫁に食べさせない、というような意味では決してない。あれは確かにうまいが、何分、時季も秋であるから、どうしても重陰性である。重陰性の食物は腹を冷やす。だから姑さんが大事な孫を生んでくれるお嫁さんの健康を考えて、お腹を冷やさぬように秋茄子を食わさないのであって、これは意地悪どころかたいへんな慈悲である。もっとも秋茄子も、陽性のものと合わせて食えばなかなか宜しい。

次に酒でありますが、私はもっぱら日本酒を飲んでおる。近頃は夏でも燗をして飲む。ビールは多少飲みますけれども、五十を過ぎてからは、夏にならぬと口にしない。オンザロックなどといって、氷の上からウイスキーをたらしたり、ビールの中へ氷のかけらを入れたりして喜んでおるが、あれは自殺的飲み方で、舌や口、胃の腑を冷やしてしまって、唾液が出なくなる、胃の機能が衰えてしまう。第一、ビールなどは水っぽくなっていけない。人間の臓腑というものは実に敏感でありまして、その上、先刻もちょっと申しましたように、それぞれの臓腑はみな時限を持っておる。肝臓は何時頃がもっともはたらき、胃腸や膵臓は何時頃がもっともはたらく、という風に、外の時間に対して、身体の中にもちゃんと時間があるわけです。もっともそこまで考えておったら生きておられない、第一、わずらわしい。いずれにしても身体を弱アルカリに持ってゆくように、飲食を注意します。

また飲食をするときに大事なことは、無心で、できれば楽しく飲食することです。腹を立てたり、くよくよしたり、感情を動かして飲食するほど身体に悪いことはない。いくら栄養のあるものを食っても、身体の栄養にならない。よく腹立ちまぎれに酒をあおるなどと申しますが、私はそういうことは決してやらない。飲食は無心・平心・会心にやることです。

忘れてはならぬ心の養生

しかし身体と飲食とに注意するだけではまだ十分ではない。大事なことはやはり心の養生であります。だから私は一日の中、たとえ二十分でも、三十分でも、専門を離れた純粋な教養の書物、哲人の書や名言・語録、あるいは名作、といった心を養う書物を読むことにしておる。詩一つ、歌一首を鑑賞するだけでも良い。日中忙しかった夜などは、寝床へはいってそれを楽しむことにしておる。私はそのために、普段から読みたいと思うような書物を前以て枕元に置いてある。そうして枕元には少し気の利いたスタンドでも置いて——電球はなるべく目を刺激しないものが宜しい——そういうものを読んでおると、疲れておるときなど、いつの間にか好い気持に眠ってしまう。書物を顔の上へ載せたまま、時には取り落したまま眠ってしまうこともある。これがまた実に楽しいものです。哲人の書を寝ながら読むのは無礼であるともいえるけれども、それは許してもらえると思う。

ところが、時には感動して目が覚めることがある。読んでおるうちにすっかり心が澄んでしまって、なかなか眠れない。そういうときはそれこそ「開き直る」という言葉があるが、起き上がって、机に向って耽読しても宜しい。これは疲れないばかりか、かえって清々しい。しかしどうしても深夜ならば眠くなる。そのときはこだわらずに眠るのです。そうすると本当に清く熟睡する。普通安眠・熟睡というと、身体を楽にして眠るのが安眠、ぐっすり眠るのが熟睡というくらいしか考えないが、本当の安眠・熟睡は、肉体と同時に、精神的にも安らかな眠りでなければならない。心に不安を持つような眠りは、肉体的には安眠であっても、精神的には不安眠である。監獄から脱走した犯人などがよく告白するが、山の中や人里離れたところへ隠れて、熟睡はするけれども、へとへとに疲れてしまうという。これはしじゅう捕えられはしまいか、という強迫観念に襲われて、安眠ができないからである。われわれは常に身心ともに安眠・熟睡したいものであります。

それから心得ておきたいことは、飲食物に対する知識であります。やれ、コンブやヒジキのような海草類は肝臓によいとか、やれ、何の食べ物は何によいとか、いう風なことを知って飲食することも必要です。また心得ておると、飲食が楽しい。しかしこれは良き師・良き友・良き書に恵まれると、いくらでも教えられる。

まあ、特別の健康法・養生法というほどのものではないけれども、今申し上げたような身心の摂養法を私は毎日心掛けておる。毎日心掛けておると、いつの間にか習慣になり、努力しなくても自然にやれるようになる。そういう生活をしておると、滅多なことに病気などするものではない。また精力もつづくものであります。もちろん限度を越した過労は誰しも耐えられないけれども、私など他人からいうと、ずいぶん過労の生活を長年つづけながら、敢《あ》えて衰えない。別に病むこともない。みなさんもそういうことを心掛けて、少し努力すれば——努力というほどのものではありません、楽しいものです——自然に習慣がつく。習慣がつけばそれこそ身心ともに寿、文字通り生をことほぐことができると思います。穢国《えこく》悪世といえども、死に急ぎする必要はありません。せっかく得た生を大いに楽しんで、できるだけ長生し、そして少しでも有意義に役立っていただきたいと思います。

（昭和四十四年五月「活学」第二編より）

真向法の精神的基礎

真向法を知った機縁

今日は長井先生が真向法を世に向って唱導される決心をされましたたいへんおめでたい記念日だということでありますので、いろいろと有益なお企てもあろうかと推察いたしまして、それを拝見し、その席の模様によってはご参考になるようなお話をほんの雑談程度に申し上げようと考えておったのでありますが、ここに参りますと演壇ができておりまして、みなさんに講話めいたようなことを申し上げねばならぬことになりましたが、何の用意もなく、はなはだ忸怩《じくじ》たるものでございます。

しかし、せっかくおめでたい日に、長井先生のご注文でございますし、私も真向法を教わりまして、身心に非常な裨益を得ておりますので、御礼かたがた、私の考えたり感じたりしておりますことの幾つかをみなさんにお話し申し上げてご参考に供しようと思います。

私が長井先生と真向法を存じ上げるに至りましたそもそもの始めは、今ここにご臨席の小暮さんでございます。小暮さん！　というと少し水臭く感ずるのでありますが、小暮さんとは高等学校の同窓でありまして、小暮君といった方がなつかしいのであります。今第一銀行の常務をしておられますが、この小暮君から真向法を推奨され、その功徳話を承わったのです。ところが私の心が上の空でありましたのか、あるいは小暮君のご説明がそれほど行きとどかなかったのか、その時はもう一つ意に止めませんでした。人間にはどうも機縁というものがございまして、縁だけではいかぬものであります。すべては縁から起こるので縁起という言葉がございますが、縁にもう一つ機が加わって機縁というものにならぬと生きてきません。そのときは機縁が熟さなかったのでございましょう。その後、私の全国師友協会の理事長をしていただいております増尾さんから、また長井先生のお人柄、そのご経歴、真向法のお話を伺いまして、はっと小暮君の前のお話を思い出したのであります。あんなに熱心にお話をしていただいたのに、つい上の空で聞き流してしまって、これはどうも悪かったと思い、改めて考え直すようになりました。そして本気になって真向法を自分でやってみまして、非常に肝銘いたしたのであります。

多忙な現代人の健康法

私は従来健康ということに、内々心を寄せておりまして、いろいろのことをやっておりましたような関係もありますが、最初から真向法を行《ぎょう》じますのに、さほど苦痛だの、抵抗だのを感ぜずに、まもなく割合に楽にやれるようになりました。やれるやれないよりも、その間に快感を感じました。快感というよりも、嬉しいといいますか、楽しいと申しますか、そういう感情を味わうようになりました。しかも私は学究でございますので、とかくものを思索する癖があるのでありますが、そういう知的興味から申しましても、非常に満足、嬉しさ、楽しさを感ずるようになりました。そのことをつい何かの折に長井先生にお話をいたしまして、たいへん喜んでいただいたのであります。そういうことの一端をこの席で、少し聞いていただこうと存じます。

私は不断、非常に繁劇な生活をいたしておりますために、健康に留意いたしまして、いろいろの健康法をやるにつきましても、どうしても制約がございます。たとえば非常に時間を要するものであるとか、あるいは非常に劇しい動作をつづけることであるとか、面倒なことなどは、どうも無理であります。クラブを持って、自動車に乗って、三十分も一時間も馳せて、ゴルフ場に出かけて、ゴルフを半日も楽しむというようなことは、とてもできません。また一時間も二時間も、繰り返し運動をするようなことも、どうも私には不都合であります。そういう条件がつい私をして健康法を研究するのに、いろいろと渉猟《しょうりょう》させました所以《ゆえん》でありますが、同時に知的に申しましても、やはり何かある深い意味を持ったものでないと満足できません。そういう要素もございまして、どうもこれという私に合った健康法に巡り合わなかったのでありますが、それが長井先生の真向法によって充たされたのであります。

生命の法則は柔軟である

私は実は少年時代から、ずいぶん剣道をやりましたり、山登りをやりましたり、その他いろいろの鍛練、陶冶といったようなことを親たちからも勧められて、やって参りました。それから自分で学問をするようになりまして、だんだん東洋の教、哲学というようなものに凝るようになりましたが、その間に知らず識らず会得いたしましたことの一つは、生命の法則といいますか、あるいは道の妙味ともいう問題であります。

生命というものは宇宙造化の一部分であります。大にしていえば、宇宙の創造・変化、いわゆる造化、たえざる創造、変化、これが人間に現われれますと、生命という作用になって参るわけでありますが、みなさんのお手許に配られました、佐藤通次先生の真向法感詠に「このみちを、あしたゆふべに、ふみてあれば、いのちの生くる、よろこびぞわく」とありますが、このいのちの生くるよろこびという句であります。生命がその機能を発揮する、すなわち、命が生きる、このはたらきは、それが純粋であればあるほど、長井先生のよくいわれる柔軟である。柔らかいということ、抵抗がないということ、したがって意識からいうと、虚であり無であるということであります。ものは、生命が発揮されて参りますと、生命が純粋にはたらくようになりますと、すべて人間の感覚には柔らかに受けとれます。たしかに柔・柔和・柔軟ということは生命の姿であります。したがって造化の姿であります。

柔の反対の剛の一つの道を例にとりますと剣術、剣道というものがありますが、私は非常に剣が好きで、少年時代から剣道をやりました。したがって剣、剣客の歴史に興味を持ったのであります。優れた剣の名人というものを調べてみますと、さすがに剣道の薀奥《うんのう》をきわめたような名人の人柄は、みな柔和であります。さきほど愚連隊のお話がございましたが、愚連隊・暴力団的剣客は、みなぎくしゃくいたしております。いやしくも名人というような域に入った剣客の人格は、みな柔和でありますし、剣・剣術・剣技そのものも柔和であります。

名人男谷精一郎の妙域

一例をあげますと、まず日本の剣道史上もっとも妙域に、いわゆる妙神に入るという域に達した代表的な一人に、幕末の男谷精一郎《おだにせいいちろう》、下総守になっておりますが、名は信友《のぶとも》という人があります。宮本武蔵もたいへん有名でありますが、宮本武蔵がどういう人であったかは、いろいろ小説に伝記に描写されておりますけれども、なにしろ遠く時を隔てておりますので、本当に武蔵に会って、その印象などを伝えた、われわれの信憑《しんぴょう》するにたる人物記録が少うございまして、想像はできますが、具体的になかなか捕捉することのできない憾《うら》みがあります。ところが男谷信友は幕末の人でありますから、この人に接して、この人をよく知り、よく伝えている材料がたくさんございますので、男谷という人はわれわれもよく想像も、理解もすることができるのであります。私が剣を教わりました絹川清三郎先生は剣禅一味といわれた調子の高い方でありまして、よくこの男谷の人物を語っておられました。

この人のごときは実に剣客の中にもこういう人格があるかと思われるような柔和な人でありました。そうしてその剣の使い方も非常に柔軟でありまして、当時よく教えを受けたり、あるいは勢い込んで試合を申し入れて、手合わせをした人の述懐談の中に、「先生と手合わせをすると、ほとんど手応《てごた》えがない。撥《は》ねかえすとか、打ち挫《ひし》ぐとか、いうような荒芸がない。なんだか打ち込んでも、鳥黐《もち》がついたようなというか暖簾《のれん》に腕押しというのか、さっぱり手応《ごた》えがない。それで抜きも差しもならぬことになって、戦わずして屈してしまう。どうにもならぬ。たいていは挑むというと反撥する。打ち込むというと、撥ね返すものであるから、そこで、勝負を争うことができるのだが、どうも反撥や抵抗がないものだから、争いにならないで参ってしまう」。こういうことであります。これなどがつまり本当に生きた剣というものであろうと思います。

よく道場破りの荒武者どもが勝負を申し込みますと、先生は礼儀の正しい、なかなか教養も高い人でありましたので、礼儀を正して、相手をじっと見て、にっこり笑って「結構です」といって滅多に応じられなかったそうであります。それでもたって頼むと門弟に相手をさせられる。なおとくにお願いするか、もしくはとくに挑戦いたしますと、やおら立ってまことに淡々として応戦される。そんな時に全然どうにもならぬ、こういうことであります。

双葉山と木鶏の話

世間にいつのまにか、いろいろ伝えられまして、だいぶ私の友人も知るようになりましたが、私は当年の双葉山関とよく親しくつき合いました。遠い昔は知りませんが近代角力史上、真に類《たぐ》い稀な名力士と存じますが、この双葉関がやはり非常に柔和な人物で、性格・言語・応待・角力振り、実に柔軟であります。

ある時いろいろとそういう芸道の話を一献酌みながら話をいたしておりました時、私が何気なく木鶏《もくけい》の話をいたしました。よほどそれが双葉関の意に会するところがあったとみえて、非常に木鶏の工夫を積んだようであります。それは後になって私が感心をしたのでありますが、ちょうど戦争の始まります前年、双葉関がいわゆる六十九連勝を続けておる時であります。私は当時未だ飛行機がありませんので、船に乗って欧羅巴《ヨーロッパ》に出かけました。ある日、印度洋上かどこかだったと思いますが、ボーイが船室に飛び込んで参りまして、「先生！　双葉山から電報が来ました」という。「しかし電文の意味がさっぱり判りません。何か間違いだろうと思いますので、係りが問い合わせようかといっておりますが、こういう電報です」といって持って参りました。それを見ましたら、ただ簡単に「未だ木鶏に及ばず」と書いてあります。これは電信技師には判らぬはずでありまして、私はすぐ判りました。「ああ、そうか。負けたな！」「いやよく判る」といいましたら「何のことでしょうか」といいますから、その木鶏の話をいたしましたら、非常にボーイも感動いたしました。なにしろ退屈な船の中だものですから、すぐそれが評判になりまして、船客が集まって私にその木鶏の話をしろというので話をしたことがございます。

それは『荘子《そうじ》』や『列子《れつし》』などにある話でございまして、ある王様が非常に闘鶏の趣味がありまして、多くの軍鶏《しやも》を飼って楽しみにしておりました。そして闘鶏を飼育する名人に、一羽の軍鶏《しやも》を預けまして、その練養を頼んだのでありますが、王様などというものは気の短いもので、顔を見れば「どうだ！　もうやらしてみてもよいか」と督促《とくそく》されるのですが、なかなかその名人はうんといわない。ある時に「なぜ駄目か？」と聞きますと、「いや、どうも空元気《からげんき》で仕方ありません」という。「そうか」。しばらくして「もうどうだ」というと「まだいけません。どうも相手を見ると昂奮して駄目です」という。「そうか」。またしばらくして「どうだ」といいます。「いや、まだいけません。どうも空元気というものじゃなくなりました。また相手を見ても、別段昂奮もしなくなりました。その代りに今度はどうも、汝等《なんじら》なにするものぞ！　というような、少し気取るというか、威張るというか、自ら頼むというか、そういうところがあって困ります。まだまだ駄目です」というので、「なるほど、そうか」。

いよいよ痺《しびれ》を切らして「もうどうだ」といったところが、「そうですね。もうぼつぼついかも知れません。この頃は、もうそう昂奮することもなければ、気取る、威張る、任ずる、というようなところもない。ちょっと見ると木彫の鶏のようで、こうなったら、まあ、どんな鶏が出てきても戦わずして避けるでしょう。諦めて相手になりますまい」。こういったので一つやらしてみようというので、引出して猛烈な奴をかけ合わしてみた。ところが出てくる奴も出てくる奴も、みな一見して退却した、こういう話なのであります。

双葉関の角力振りをみておりますと、こちらから仕掛けたり、あるいはケレン、といったようなものが全然ありません。男谷《おだに》先生の剣は不幸にして私は見ることができませんでしたが、伝え聞くその剣はこういうものではないかと思われるような非常に柔軟な角力振りでありました。「名人だな」と未だにその取口が印象に残っております。

体操もいろいろありますが、私はこの柔軟な体操というものを秘かに求めておったのでありあります。柔軟体操はございますけれども、柔軟体操と称する、どうもぎくしゃくしたものが多くて、あるいは手のこんだり、あるいは時間のかかるものが多くて、本当の柔の一字に徹した体操というものがどうもございません。私はこの真向法を知りました時に初めてそういう意味での生命、命というものの至れる姿、真《まこと》の姿、その理《ことわり》というものをいかにもよく体得した体操であるという知的な満足をも感じたのであります。そうしてやってみますといかにも柔・柔軟・柔和の快感・楽しみを覚えました。

造化の至徳・女性と嬰児

人間で申しますともっとも生命・命の純粋な姿をもっておりますものは、男女でいいますと、やはり女であります。したがって母であります。また年齢で申しますと、子供・嬰児であり、少年・童子であります。内容から申しましても案外この童というものは大人の想像も及ばぬ意味豊富なものであります。近年、世界にセンセーションを起こしたことでありますが、ハーバード大学にグリュックという教授で、少年の非行犯罪の研究を発表いたしまして非常な業績をあげている人がおります。このグリュック教授の研究発表によりますと、大体十代、ティーン・エージャーズの少年の非行犯罪をつぶさに調査いたしますと、ほとんど小学校に上る前、五、六歳頃の少年の頃にもうはっきりと予知できる。この頃すでに人間の要素・条件が備わっておるようであります。そこで小学校に入る前の五、六歳くらいの子供の時代によく教育しよく躾《しつ》けましたならば、ほとんど十代の少年の非行犯罪はなくなる。そこで五、六歳頃の少年を研究してみると、道徳的にも知的にもすでにいろいろの要素を豊富に鋭敏に持っておることをわれわれも知るのであります。

われわれの人間として一番本質的なものは徳性というものでありますが、徳性の中の一番根本的なものは明るさと清さということであります。明暗というものは地球に住むもののまず第一に経験することでありますが、人間も心を明るく持つ、それから清潔を愛する。不潔を嫌うということ、この二つはとくに徳性中の徳性であり、人間の大事な本質でありますが、それはすでに誕生を過ぎて片言をいったり、よちよち歩くようになりますと、すでにこの徳性を身につけます。児童・幼児というものは決して幼稚なものではないのでありまして、大人から考えてみても非常に複雑豊富な内容をもった神秘的なものなのであります。この児童と女というものはもっとも生命の純粋な姿をもっておりまして、その点、男のご互いは恥かしながら少し「げて物」であります。われわれの智能でありますとか、技能でありますとかいうものは非常に便利であり、有益なものでありますけれども、こういうものは人間としての価値から申しますと附属的なものであります。やはり創造変化、造化の徳というものがまずもっとも大事なものであります。

そこで造化そのまま、生命そのものという意味を表わす、とくに仏教でこの文字を重用いたしますものに、如という字があります。如来様、如実、如如といいますが、つまり「そのまま」という字です。何そのままかといえば、自然そのまま、造化そのまま、生命そのままという意味であります。この如という字は男扁でなくて女扁なのであります。これはどうも残念ながらそうでなくてはならぬのであります。女扁に口ではなくて女の領域という字であります。旁《つくり》の口という文字は領域を表わす文字であり、女の領域、女の世界というものは如なのであります。その何よりもの証《しょう》拠《こ》は、子を生むということであります。いかに英雄・哲人といえども男は子を生むということだけはできません。いかに愚婦といえども子は生むのであります。その点は偉いものであります。たしかに如は女扁でなければなりません。如来さんというのは文字から申せばつまり、造化そのまま、生命そのもの、したがってものを包容し、ものを育成し、それを常に行ずるもの、そのゆえ如来であります。したがって生命そのものをとくに尊重強調いたしました老荘におきましては、玄牝《げんぴん》などといって女性の徳、また嬰児の徳を力説し、したがって柔和の徳をしきりに説いております。真向法をやっておりますと、そういうことがだんだん味われまして、いわゆる、真理・道というものを運動をしながら味識《みしき》することができるのであります。

真の健康法は簡易である

それから生命の姿のもう一つの特長は簡易ということであります。simpleであります。もっとも創造変化、造化の妙理、妙用を説いた民族的な学問は易学《えき》であります。易《えき》は常に易《い》・簡ということを説いております。造化というものは至易至簡《しい》なものである。造化から離れるにしたがって複雑混乱してくる。生命が純粋であればあるほど簡易である、ということが説かれてあります。これは学問でもそうでありまして、学問学理でも道程は非常に複雑困難でありますけれども、学理もその蘊奥《うんのう》にいたりますときわめて簡易であります。芸術でもそうであります。また剣道のようなものでも修業中は実に困難且つ複雑でありますけれども、名人の境地・極致になるほどきわめて簡易になります。名人同志の勝負を見ると判りますが、俗にいうチャンチャンバラバラなんていうものは下手くそ時代のやることでありまして、本当に剣に達した名人同志がやります時には、決してチャンチャンバラバラ、切り込んだり、潑《は》ね返したり、丁々発止《ちょうちょうはっし》なんていうことをやるものではありません。実に凄《すさ》まじいまでに気魄《きはく》の籠《こも》った非常に静かなもので、たまたまその静中に動を起こして、一呼吸、剣の動いた一瞬間に決まるのであります。真に簡単簡易であります。人間もそうでありまして、ベチャクチャ多言多弁を弄《ろう》する、なんていうのは人間のできておらぬ証拠であります。人間ができるにしたがって話はきわめて簡易になります。その極致は沈黙であります。至れる雄弁はやはり沈黙であります。たとえば感謝でも至れる感謝はベチャクチャいいません。百万陀羅《だら》お礼の言葉を並べるなどというのは本当に有難くない証拠であります。本当に有難かったらきわめて簡単になってしまう。簡単というものは本当に命の姿であります。本当の健康法というのは、その意味において簡単でなければならぬと思うのです。そういう意味から申しましても、真向法は真にあらゆる運動法の中でもっとも簡易で、これはまた生命という理法からいって至れるものではないかと満足を感ずるのであります。まあ、そういうことを味わいながら私は真向法を楽しんでおるのであります。

真向法の別名である礼拝と中正柔和について

それからもう一つ、長井先生は当初にこの体操の名前を「礼拝体操」とおつけになった。これは私はたいへん良い名前であったと思うのであります。世間はまたたいへんに複雑なものであります。これは人間が未だあまり発達いたしませんから複雑なのであります。文句が出るのでとうとう真向法になったそうですが、私は礼拝体操という名はそれで非常に尊い意味があると思うのであります。どうも人間にいろいろの悩みがありますが、その中にとくに傲慢《ごうまん》という慢があります。これは仏教に五濁ということを申します。みなさんよくご承知のことでありますが、その仏教の五濁の中にまた三毒、あるいは五毒を説いておりますす。貪《どん》、瞋《じん》、痴《ち》、これが三毒でありまして、五毒と申しますと、それに慢《まん》、疑《ぎ》の二つを加えます。どうも慢心というものが非常に世の中を毒し、また自らを毒するのでありまます。

われわれは真に想像も及ばぬいろいろの恩恵によって、すなわちいろいろのもののお蔭を蒙って育って行くのであります。生きることができるのであります。したがって常に慢を去って感謝の心をもち、常にそれが形にあらわれては、ものを拝がむ、礼拝するということは非常に美しいわれわれの生活態度であります。真向法は勝鬘経から霊感《れいかん》を得られて長井先生が唱えられたのでありますが、これはまったく礼拝であります。勝鬘夫人《しょうまんぶにん》の仏を礼拝されるところから始まったわけであります。これは私はいつも朝起きる時と寝る前とにやるのでありますが、私は先祖や恩人知己の霊を仏壇に祀っております。いつも仏壇のあります部屋でこの礼拝体操をやるのであります。この時は、この体操をやりながら、私は心中で仏壇に向って、父母、祖先、亡き恩人、知己たちに挨拶をする心で体操をやります。これが非常に心を楽しくといいますか、豊かにいたします。われわれはこの体操が礼拝体操であるということを悟ってやれば、これが非常に心の養いになるのではないかと思うのであります。

それから生命の健やかな進展のはたらきを実は儒教でも、仏教でも、神道でも、老荘でも、東洋のあらゆる教えはこれを「中《ちゅう》」という言葉で表現いたしております。中庸《よう》の中でありますす。生命がもっとも純一を得た状態を「正」といいます。だから正の字は一に止まるという組立によって純一の状態を表わした訳であります。だから中正柔和法という長井先生がお付けになった名前もいい名前であったと思います。しかし中正柔和でない理屈屋がつべこべいう、これも人間未熟であるから始まることであります。そんなことのためにこういういい名前も続かなかったということは、そういう点から非常に惜しいことだと思うのであります。真向法で結構でありますが、真向法即《そく》礼拝体操であり、即中正柔和法であるとおっしゃって差支えない。差支えないどころか、ますます妙であると存ずるのであります。

まあ、こんなお話をしていると限りがありません。大分長くなりましたので、私の体験

をお話申し上げまして、みなさんのご参考にしていただきますればたいへん結構に存ずるのであります。（昭和三十四年五月）

健体康心について

記念講演というほどのものではございません。有益なお集まりに臨みまして、ほんの感想のようなものをお聞きいただきたいと存じます。

だんだん真向法が盛んになって参りまして、本当に結構なことでございます。これが盛んになるということは、つまり健体康心の人が、日本中にそれだけ増えるということになるのでありますから、日本のため、国民のためにこんな結構なことはございません。

私は今度の水害が、何だかわれわれ日本に対する深刻な暗示と申しますか、警告とも申すべきことのように感じられてならないのでございます。と申しますのは、ふだん手入れを怠っておりまして、いろいろ無理がありましたところへ、このたびの集中豪雨で、とんでもない洪水やら崖崩れやら多くの災害が各地に続発いたしまして、たいへんな不幸を招いたものでありますが、どうも現代の低級で不穏な大衆社会、近代都市の頽廃的生活や思想がだんだん脅威力を浸潤して参っておりまするし、加うるに外国の手になる重大な革命謀略、日本を内部的に崩壊にみちびこうとするいろいろの陰謀工作なども、だんだん有力に日本の重大な機関あるいは組織に浸潤してきておりますので、ある時機になりますと、それが今度の大水害のようなことになり兼ねまじき脅威をしみじみと感ずるのであります。こういうときに唯一の根本的対策は健体康心の人を少しでも増やして、日本の地固めを完全にすることであります。

つねづね長井先生は健康、健体康心ということを申されておりますが、この健康という熟語は文字学的に玩味《がんみ》いたしましても、非常に教えられるところがございます。ご承知のように健という字は人偏に建てるという字を組合せております。これは人々が大いに建設し、為すある力を持つことを申すのであります。進んで有益なことを建設し、有為になれなければ「健」ではないのでありまして、これは何よりも大自然が一番よく営んでいることであります。東洋民族のもっとも普遍的な考え方の一つの原典になっている『易経』に「天行健なり」、天の運行は健である。故に「君子は自彊息《じきょうや》まず」と説いております。進んで大いに為すある、いろいろの仕事をぐんぐん建設する力がなければ、健とはいえないのであります。

康という字はますますおもしろいのであります。广は物の一区分をいうのでありますが、その中に入っております隶はタイという音で、隶の上の方の片仮名のヨというような字は手を表わしておるのであります。下の方の氺というのは実は文字の根源を探りますと、尻尾を表わす象形文字であります。つまり尻尾を摑まえるというところから出ておるのであります。前に走って行く動物を追駆けていって尻尾を摑まえて動かさないようにするという文字で、追いつくとか、追いついてやれやれという落着き、すなわち康《やす》らか、それからひいて楽しむとか、その次には楽しみ過ぎて乱れるとか、逆に失うとか、いろいろの意味を含んでいるおもしろい文字であります。普通は康らかという意味にもっぱら用いております。大いに為すある力を養い、ああしたい、こうしたいというの人生の目的を追い駆けて、それをしっかり摑まえて安定させるというのが健康という言葉の文字学的本義でございます。

この追い駆けて尻尾を摑まえるという文字から興味深く考えさせられるのでありますが、この頃の医学の進歩は驚くべきものでありまして、医学界のオーソリティーは近頃次のようなことを申しております。一例は今フランスで有名なロスタンという医学者で、哲学的にも有名な人でありますが、「この調子で進歩して行くと人間を百歳まで生かせることは、さほど難事ではあるまいと思われる。しかしながら、身体は百歳まで生かせることはできても、問題はそれにマッチするように、追いつけるように心を確かにすることができるかどうかという問題で、これが非常にむずかしい」。身体と同時にむしろ心の方が案外早く駄目になるものであって、人間は少し長生きすると、ぼけたり、退屈したり、あるいはいろいろと悩み、神経衰弱・精神分裂などを起こして、肉体が生きるのに堪えられなくなって来る。そのために肉体は生きながら役に立たない。あるいは自殺をする。そうならぬまでもせっかくの身体をいろいろな点で毀してしまったりして、うまくゆかぬものである。その体と心とを釣合わして、しかも有意義に活潑に発達さしてゆくことはなかなかむずかしい。したがってこれからの医学の問題、ひいては人間の問題は、まさにこの点から申しましても、真向法のいわゆる健体康心、健康という一語に尽きるわけであります。今のところは、健体の方はやや進んでおるのでありますが、康心の方が非常に遅れております。どちらかと申しますと、康の字の隶のように心は追い駆けて、なかなかその大切な尻尾を摑むところまで行っていないで、フウフウいっているというようなところではないかと思います。

厳密にいいますと、健体の方もそうであります。医学者、生理学者、社会学者、心理学者が競って論じておりますように、文明人はたしかに平均寿命を伸ばすことに成功しました。人生五十年といっておったのが、この頃は人生七十年近くになってきた。しかし、それは果して長井先生の言葉で申しまする健体康心の健であろうかどうか。残念ながらはなはだ健ではないのであって、康の字の隶という文字の通りで、どうも医学や医術で生命のあとを追い駆けているような状態、いい換えれば、いろいろの薬や手当でどうやら体を維持しておる。やっと生きている。すなわち健やかに生きているのではなくて、薬物や治療によって生かされているのである。したがってそういう今日までのありきたりの医薬というようなものによって辛うじて生きるのは、これは本当に生きる健体ではないのでありまして、これを西洋の思想家は「病気ではないが健康ではない」という表現をいたしております。どうも肉体的健康までがとかく本当の生命を追い駆けてフウフウいっているような状態であります。

本当の健康はそんな医者よ薬よと騒がないで、そういうもののお世話にならずに、自分の力で悠々と造り上げられる体力、人間力、事業力でないといけないのであります。そういうことを考えて参りますと、この真向法というものは実に結構なものであります。なにも薬を飲む必要がない。なにも機械器具を買う必要もない。そう特別にお寺とか道場というものに通わなければできないというものではない。どこでもできるものであり、多くの時間をかけなければならぬこともない。ただ志と努力があれば幾らでも簡単に自発的にやれる。そしてわれわれの肉体、神経、精神に顕著な効験を生ずるというのでありますから、たしかに真向法は健康という文字学的立場から批判いたしましても、まことに妥当な、少しも恥ずるところのない、遠慮の要らない立派な健康法であると思うのであります。それもただ思うというだけではなく、現に私も真向法のお蔭で、非常に過激な生活、過労をしながら健康を見事に維持しておりますので、そう思うというよりは、そう信ずると申して過言でないと存ずるのであります。

しかし健康ということはいうべくしてなかなかむずかしいことでありまして、人生の五計という有名な言葉がございます。これは非常にわれわれを反省させる言葉であります。第一に生計と申します。今日の人は生計といいますと暮しを立てるという経済的な意味にとっておりますが、人生の五計の第一の生計と申しますのは、そういう意味ではなく、文字通りの意味でいかに生きるかという意味であります。健体康心はここに入るわけであります。今日の別の言葉でいうならばつまり養生法、いかに養生するか、いかにわれわれの生命力、生理力、体力、精神力を養うかという計であります。

このいかに生きるかという生計を営むことによって、第二にいわれているのが身計ということであります。一身の計であります。この中にはもちろんわれわれの社会生活が入ってくるわけです。この世の中に処して、どういうふうに生きて行くか、どういう職業につき、どういう事業を営み、どういうふうに自分自身を打ち樹て行くかという、これが身計であります。

人間は長ずると家庭を営みますから第三は家計でございます。社会、国家の計はその人を待って第二番目の身計の中に入るわけであります。ちょっと考えますと家計の次に国計とでもいいたいのですが、これはみな身計の中に入ります。社会、国家なくしてわれわれ自身はないのでありますし、社会、国家、公共がもし破壊し滅亡するようなことがあったならば、もちろん一家などは失くなってしまうのであります。その点からいうならば、なるほど身計の次に家計を置いていいわけであります。そこまではきわめて平凡な真理なのであります。

第四はわれわれが、ちょっと気がつかない、忘れがちでありまして、はなはだわれわれに痛い言葉ですが、老計と申します。いかに老いるか、いかに年をとるかということであります。たいていの人はみな年をとる。しかしそれは俗にいういたずらに馬齢を加えるというもので、これは積極的、主体的、自主的意味における生きるということにはならないのであります。先の医者や薬によって生きると同じで、生かされるという方で、年をとらされるのであります。これははなはだ情ないので、自然自然にわれわれは否《いや》でも応でも年をとらされるのであります。俺は年とりたくないと思っておっても、どうもとらされてしまう。年をとらされるというのは学問、道徳にならないのでありまして、進んで自主的に自ら年をとって行く、これが老計であります。

孔子は「吾十有五にして学に志し、三十にして立ち、四十にして惑はず。五十にして天命を知り、六十にして耳順《じじゅん》す、七十にして心の欲するところに従ひて矩《のり》をこえず」と年をとるにしたがって自己を完成して行く過程を明らかにしております。これはたしかに自ら年をとる、自ら老いるというもので、立派な老計であります。ところが普通の者はそうはいきませんで、十有五にして学に志さず、三十にして立たず、四十にして惑い、五十にして命を知らず、六十にして耳逆らい、七十にして心の欲するところ悉く矩を踰ゆというようなことになってしまうのでありまして、これは年をとらされる、ぼける方であります。そういわれてみれば、古への哲人が指摘いたしております通り、われわれはどれだけ威張って「俺は年をとった」といい得るでありましょうか。

孔孟に対する老荘派の書物にはなかなかおもしろいことがありまして、孔子の六十にして耳順し七十にして云々ということに対して、『淮南子《えなんじ》』という老荘系の書物を読みますと、蘧《きょ》伯玉という衛《えい》の賢太夫で、孔子も非常に賞讃敬服いたしております立派な人があります。この蘧伯玉という人は「年五十にして四十九年の非を知る」というた。このことを『論語』にも賞讃いたしておりますが、つまり普通の人間はもう年の五十歳にもなると、すっかり手をあげてしまって、「もう仕方がない。今更何を悔やんでもどうにもならぬ。まあこれくらいでいいのだ。あとは倅にでもやらせることだ」というくらいのことになってしまう。どこまでも進歩して行く意気、努力を失うのであるが、蘧伯玉という人は、年五十になって四十九年の非を知ると、「今までは駄目だ、これからまた生れなおした気で一つまたやるのだ」という非常な意気をもって常に努力精進してやまなかった。とそういう意味から申しましても蘧伯玉という人は非常に偉い。それをうけまして、『淮南子』には「六十にして六十化する」という言葉を補うておるのであります。六十にもなると、大抵変化しなくなる。固まってしまう。動脈硬化、精神硬化、人格硬化してしまうのでありますが、道を学んだ者は六十にして六十化する、六十になっただけの変化をする。こういう名言を伝えておりまして、六十化という言葉は老荘系の思想学問では有名な言葉であります。人間は生きている限り、常に長井先生のお名前のように津々として変化しないといけません。その点でこのあいだ自動車にはねられて大怪我をされて、さすがの豪傑、どういうことになるかと心配しておりましたら、さっさと癒られたので、これは六十にして六十化するものであると、私は秘かに感服慶賀いたした次第であります。

みなさんはお芽でたいときに海老《えび》をお使いになりますが、専門家の話を聞きますと、われわれが常識で考えておったのとはまるで違いまして、非常に哲理のあるものであります。普通には海老は曲がっておるものでありますから、夫婦が共に腰の曲がるまで長生きをする意味で芽でたいというので慶事に使うと考えておるのでありますが、本当はそうではなくて、海老というものは他の生物と違って、生きておる限り殻を脱ぐ、いつでも新鮮である。一年でいいますと秋になれば万物はこわばって、あるいは枯れたり落ちたりするものでありますが、海老は秋になっても殻を脱ぐ、年をとっても殻を脱ぐ、生ける限りは新鮮溌剌としておるというので、芽でたいのだそうであります。それで慶事に使うのだそうでありますが、老計というのはわれわれが幾ら年をとっても、年をとっただけ変化して、少しも硬化しない、常に新鮮溌剌として生きる、すなわち生ける限り健体康心で行く。こういうことでありまして、真向法はその意味において、人間を常に海老に負けないようにするところの、すなわち常に新鮮潑剌、硬化を防いで柔軟にするという方法でありますから、これもまったく真理、教訓にかなっておるというわけであります。どうか一つ真向法を精進して老計において遺憾なきを期したいものであります。

第五は死計と申します。いかに死するか。昔は宗教でもっぱらこれを取り扱ったものであります。誰だって死なぬ者はないのであって、放っておいたって死ぬじゃないかと考えるのは浅薄なことであります。たいていの人間は「死ぬ」などと大きなことはいえないのでありまして、これまた死なされるのであります。誰も死にたい人間はおらぬ。死にたくない死にたくないと思いながら、これまた否応なく死なされるのであります。それでは人間の値打ちはないのでありまして、人間は立派に死ななくてはならぬ、いかに立派に死ぬかというのが死計であります。聖賢哲人の伝記などを調べてみますと、昔は立派に死んで行った人が多いようですね。そういうのを見ると本当に死ぬということを考えさせられますが、そういう死は生の一変化でありまして、そうなれば生死一如でありますから、いかに生きるか、いかに老いるかということを精進しておれば、いかに死するかということは立派にできるわけであります。

以上申し上げました五つを人生の五計と申します。この人生の五計を味わいますると、またこの真向法、健体康心法というものの深い意義や、有難い効果、効能や、その意外な影響力、そういうものをしみじみと味わうことができます。これが大いに普及いたしまするならば、日本の国民が何よりも健体康心になって、警戒しなければならない将来日本のいろいろの災害を防ぐ大きな作用をなすものである。常々私はかように考えておるのでございます。それで、この大会に何か感想を述べよというお話でございましたので、取り敢えず、平生の感想の一端をお耳に入れたような次第でございます。（昭和三十六年五月『健体康心』より）

ぼけない法

—人間はなぜぼけ易いか—

＊丁未《ていみ》（ひのと・ひつじ）の本年も果せるかないたるところ内憂外患の続発である。

＊六十年目ごとに回ってくる干支の丙午《へいご》（ひのえ・うま）・丁未に当る年が内憂外患の警戒を訓えることは、本誌二月号に詳説しておいた。その際書きもらしたが、浜松侯水野忠邦がこのことに気づいて、藩儒の塩谷宕陰《しおのやとういん》に嘱し、本邦の実例を調べさせた。これによって宕陰は『丙丁炯戒録《へいていけいかいろく》』二巻を著している。

問題が続発してくると、たいていの頭脳は容易に混乱し、困迷し、誤謬におちいる。つまり、本当のことがわからなくなり、はてはぼけてしまう。情報・ニューズを気にするばかりで、気楽な評論界はまだしも、利害の強い政財界が不振におちいるのもそのせいである。「利(一)は智をして昏《くら》からしむ」とは切実であり、「利(二)に放《よ》つて行へば怨多き」こととまた深刻な事実である。

ぼけるということは、もちろん肉体的には頭脳の作用であるが、頭脳にとっては迷惑なことである、というより自分自身頭脳に対してまことに相済まぬことである。人は自ら持っている脳がどんなに貴重なものか、ほとんど理解しない。まして感謝など知らない。専門家の説では、脳にいささか似たものでも作ろうと思えば、丸の内くらいの広さのもので、それに配線するだけで何十年もかかり、それに要する電力は大東京の使用量に相当し、冷却装置のために隅田川の全水量を補給せねばならぬということである。そんなことができたとしても脳そのものからは話にならない。

脳には一五〇億以上の神経細胞があり、その九〇%は無意識的にはたらき、意識する脳力は一〇%にも達しない。その能力はほとんど無限で、一般の人々は恐らくその能力の一〇%か一五%しか使っていまいということである。こんなもったいない遊休施設があるだろうか。

この脳は疲れというものを知らない。人はよく頭が疲れたというが、もともと脳はそんなものを知らない。脳の活動は筋肉的なものではなく、いわば電気化学的なもので、疲れたように感じるのは、実は目とか首とか腰とかが疲労するのである。たとえば姿勢が悪いから脳の工合も悪くなる。姿勢を正せば、筋肉が緊まる。そうすると筋肉中にある筋紡錘という感覚機が、感覚神経を通じて脳幹部から網様体にわたって大脳皮質全般に報導を及ぼし、脳細胞の活動を敏活にする。脳への血液の循環も良く、酸素や葡萄糖そのほか大切な化学的成分も十分供給されるわけである。

ありがたいことに脳は使えば使うほど良くなる、性能を増すものである。あんまり頭を使って病気になったと、よく人はいうが、決してそんなことはない。それは頭脳を使っているつもりで、実は外の害を持ちこんでいたのである。脳は訓練するほどその精妙を発揮する。そしてやさしいことに使うより、むずかしいことに使う方が、はるかに良い訓練になる。テレビや漫画を見るばかり、あるいは小説や週刊誌を読むだけで時を過すことは頭を馬鹿にすることである。難解の書物と取り組むような苦労をせずに、解説や案内書でかたづけることもはなはだ頭脳に悪い。あらゆる種類の字引や解説ができていることが、どれほど現代学生の頭を悪くしているか測り知れないものがある。

人格形成のあらゆる要素も頭脳の中に貯蓄されている。思考力ばかりではない、意志の力も感情の作用も、脳の訓練によって、いくらでも陶冶される。それらの無意識の領分こそ、もっとも霊妙なもので、永遠の大生命に通ずる神秘の庫《くら》である。人間は忘却という不思議な作用をあたえられているが、われわれが忘却している過去の経験は、すべてこの無意識の深層に潜蔵されている。思い出すということは微妙な問題で、専門家は失われた記憶を呼びもどさせるいろいろの方法を発明しているし、そんな薬さえ研究されている。脳の深層世界・心霊の世界の啓発はもっとも神秘なことで、容易に企図できないが、脳の訓練次第ではずいぶん神秘に詣《いた》ることも架空ではない。業《ごう》といえば仏教教理の一つのように思うのが普通であるが、やがて医学・生理学・心理学その他いろいろな科学も、新たな大（三）毘《び》婆《ば》沙《しゃ》論や大（四）乗成業《じょうごう》論を立てるであろう。

　現代のいわゆる神秘家なる者は、われわれの無意識的な心の中に、われわれが個体化してから起った一切のことに対する記憶が残っている、つまり経験と知識の宝庫があり、それはまた親々の遺伝という生命の大河の一淵でもあるから、それに対して、自分自身の雑念・外的感覚を鎮《しず》め、注意を内に集注する瞑想過程で、深層意識――無意識の神秘世界の中から何らかの記憶・経験を明るみに出そうとするものであり、精神病学者も自由連想と称して実験していることである。

　頭脳といえば知力のことばかり思いがちであるが、感情や意志もまた頭脳であり、いずれも元来一体のもので、真に知慧を磨こうと思えば、情意を陶冶しなければならない。知識にしても、技術にしても、あるところまでは一様に進むが、それから先は要するに人間の問題だといわれる理由はこれによるのである。だから頭脳に元来年齢というものはない。肉体は年とともに新陳代謝つまり変化するが、頭脳は生れてから死ぬまで生滅しない。頭に老化ということはない。古来碩学名僧といわれる人々で、八十、九十になっても、脳力に一向衰えのなかった例は少くない。年をとれば脳力も衰えるのではなく、身体の衰病のために影響されるのである。老人が手近なことをよく忘れるのに、かえって昔の事をよく憶えておるのはたいへんおもしろいことで、医学者はこれについて、若い頃の記憶は血液の循環がよかった時であるから鮮明なので、年をとると、血液の循環が悪くなり、大切な営養・酸素や葡萄糖などが減少するから、その関係が大いにあろうと説明している。それなら記憶力ばかりでなく、すべてにわたってそうならねばならぬわけであるが、そうではない。科学者は、普通人なら七十になっても、少くとも従来の能率の八五%から九〇%で学ぶことができるはずだと証明している。年とともに（五）人間の佳境に入るのが本当である。

頭が悪いというのは、それだから頭にとっては迷惑至極、本来人間が悪いのである。頭がぼけるのは、その実人間がぼけるのである。人間がぼけるのをもっともよく表わした通俗の言葉は「欲ぼけ」であろう。欲は必らず情と相待つ、いわゆる情欲である。昔から世に知られた三毒五濁《じょく》という語がある。三毒とは貪《どん》・瞋《じん》・痴《ち》。五濁とは劫《ごう》濁——時代の濁り。

命濁――人間寿命の濁。衆生濁《しゅじょう》――民衆の濁。煩悩濁――この中に三毒があり、なおこれに慢と疑とを加えて五鈍使ともいわれる。最後に見濁――思想の濁である。まったく人間はあさましいほど情欲煩悩に生きている。

昔は四百四病といったが、今日人間のよくかかる病気は一千種を越えており、その病患の半数以上が感情から起ったもので、正しく病気であることは、もはや常識である。とくに現代文明の異常な副作用として人間の精神異常が激増している。ちょっと手許にあるメモを拾ってみても、ぞっとするものが多い。東大合格者二、五三五人中、四・七%＝百十六人が明らかに精神異常であり、精神分裂患者も数名あった。これらはとうてい学業に堪えない（昭和三十七年度）。ニューヨークの中心地区マンハッタンで、住民五人のうち四人まで何らかの程度で精神的異常を訴えた。コーネル大学主催、アメリカ心理学者の共同研究による八年間の調査の結果は、一六〇〇人中半数以上の五八・一%が中程度、二三・四%が強度の精神異常になっており、まったく異常性のないものは僅かに一八・五%にすぎなかった。

最近頓《とみ》に進歩してきた精神身体医学 Psychosomatic Medicine は、精神と肉体との間には非物質的な相互作用が存しており、肉体に対する情意の反応を物質化して証明することもいろいろ行われている。汗や呼吸や血液などがそれをよく表し、ワシントンの心理学者エルマー・ゲーツは汗の化学的分析から情緒の表を作ることに成功した。精神状態はそれぞれ腺や内臓の活動に化学的変化を生じ、これによって造り出された異物を呼吸や発汗や尿などによって体外に排出する。液体空気で冷却した硝子管の中に息を吐きこむと、息の中の揮発性物質が液化して無色に近いが、その人物が憤怒していると、数分後に管の中に栗色の滓《かす》が残る。苦痛や悲哀のときは灰色の滓になる。頭が一夜にして白くなるというのはしばしばあることである。この栗色の物質を鼠に注射するとたちまち昂奮し、その人の憎しみや怒りの激しい時は、その息の滓は数分で鼠を殺してしまう。一時間の怒気の滓は八十人を殺すにたる毒素を生じ、その毒素は従来の科学の知る最強の猛毒だそうである。毒気を吐くとか毒気に中《あ》てられるという昔からの言葉はそのまま真実であることを科学が証したわけである。故に和気というものも科学的真実である。明けても暮れても悪罵毒舌を放って、闘争闘争をつづけることは、人を世をいかに毒することか測り知れぬものがあろう。

日常の家庭生活でさえ、現代は一般に不和が昂じている。かつてギャラップが行った結婚生活の実態調査によると、妻の方は、夫の親切心が足りない、威張る、怠ける、酒が過ぎる、家を明けすぎる等々の苦情をいい、夫の方は妻が口やかましい、むだづかいがすぎる、外出したがる、しゃべってばかりいる、家事に身が入らぬ等々、結婚の幻滅を訴えている者が実に多い。夫婦生活の不満不和ばかりではない。家庭内における日常の会話からしてはなはだ良くないものが意外に多い。ペンシルヴァニア大学のJ・ボサード教授は、家庭研究の大家であるが、家庭によって常に行われている談話に喧嘩型・自己宣伝型等々いろいろの型がある中に、もっとも多いのは批評型や悪口型で、友人・知己・親戚などの噂話から社会事象まで、何によらずけちをつけて喜ぶ型をあげて、これが非常に子女の徳性を傷つけ、社会不和の根底を成すことを明らかにしている。社会福祉と称して、託児所や養老院・保護指導施設や学校・教会等、ものものしい施設ばかり考えても、人類発生以来すたれたことのないもっとも親近な生活共同体である家庭が治まらぬようなことでは話にならないことではないか。

家庭の不和・夫婦の苦情と無恥は、当人ばかりではなく、子供に対する悪影響や遺伝にも恐ろしいことが判明している。世界的問題である少年の非行犯罪も、五、六歳頃すなわち学校に上る前に十分その徴候が察知されるものであり、したがって家庭教育や環境宜しきを得れば、ほとんどこれを救い得るものであることは、斯道の大家ハーバード大学のグリュック教授や、シカゴ大学のバージェス教授を始め、犯罪予測学者たちの十分解明していることである。遺伝学者はまた恐ろしいことに着眼している。遺伝子の中には宿業を思わせる有害遺伝子がいくつもあり、その中には死にいたらせる致死遺伝子というのもあって、多くの人々は二―五個ぐらいを潜在的に持っている。近親結婚では、これが揃って活動し易い（皆森寿美夫氏説）。こういう研究の成果を聞くと、たちまち倶舎《くしゃ》（六）の諸論や分別《ふんべつ》善悪所起経・同報応経等の所説を今更のように想起して、人間は我想や貪瞋痴によって、三界六道に輪廻《りんね》転生《てんしょう》すという輪廻流転《るてん》の説を考え直さずにはおられない。

　幸いわれわれの頭脳は、いくらでも鍛えられ、老いることを知らず、無限の内容を持っている。ぼけるにはあまりに惜しい。現代文明生活に駆りたてられている人々ほど、人間相手の煩悩をつとめて斥け、せめて時を偸《ぬす》んでは、心の糧になる良書を買って、書斎にならべておき、そしてその中に孤坐することである。これだけでも大いに意味がある、功徳がある。ぼけない手がかりになるのである。（昭和四十二年七月）

注　（一）史記・平原君伝賛。

（二）論語・里仁。

（三）小乗論書・阿毘達磨大毘婆沙論二百巻。

（四）大乗論書・世親著・玄奘訳、山口益氏・世親の成業論。

（五）伊藤仁斎の詩に云う、向来歳月似奔流。事々相催帰白頭。老去自知入佳境。
一年勝ル㆓似一年秋ヨリ㆒。

（六）婆沙論を発展させた世親の阿毘達磨倶舎論。日本の倶舎宗はこれに依る。
後漢安世高訳。十善十悪の果報を説く。
宋の法天訳。中阿含経。

相と運と学

袁柳荘相書

考えてみると、この先哲講座はあの終戦後の混乱の最中、世の中がもうそんな道を聞こう、学を講じよう、というような気分の全然ない時に、青年有志の熱烈な求道心に私も大いに共鳴して、ずうっと講義を続けて参ったものでありますが、もう何年になるか、ずいぶんと長く続いて参りました。

その間、明治天皇のご愛読になった『宋名臣言行録』を読み、易や『史記』を講じ、あるいは『老子』を講じて参りましたが、この辺であいの手に、みなさんとしてはとんでもないと思われるかも知れませぬが、今回は袁柳荘《えんりゅうそう》の『相書《そうしょ》』を使って「相と運と学」という題でお話したいと存じます。大分恐れをなしておる人があるようですが、意地の悪いことは申さぬ心算でありますから、みなさんも気楽にお聞き願いたいと思います。

一体、学問や学理というものには、抽象的理論というものが必須不可欠のものである。しかし抽象的思惟だけでは、どうしても具体的実践に力が弱いのでありまして、抽象的思惟には必ず具体的実践がともなわなければならない。そこで学問にも、抽象的思惟を主とする学問と、具体的行為、実践の有力な裏づけになる学問の両方があるわけであります。近頃は西洋においても、人間の生活・存在に関する学問は、抽象的思惟からだんだん具体的な直観に深く入ってゆかねばならぬ、ということが要請されるようになって参りましたが、その点、とくに東洋の学問は力があり、価値がある。自然科学はもっとも純粋な抽象理論の上に立つものであるが、それだけに応用・実験を重んじて、その学理を根底に実現に勉めているわけであります。

これは人間の脳をとって考えてみても同じことであります。人間の脳は他の動物のそれと違って、生れ落ちると同時に必要な細胞はすべて具わっております。そしてその脳には大脳皮質というものがあって、本能的意欲・感情・直覚といったはたらきを司《つかさど》っている。それがだんだん成長するにしたがって、その上に新しい皮質ができてくる。これが抽象的思惟だとか、判断だとかいった高次元のはたらきを生ずる。従来の精神科学者はこういう風に考えておったわけであります。

ところが最近では脳生理学などがもっと進歩いたしまして、その判明したところによると、大脳皮質がだんだん発達して、洗練・訓練されるというと、今度は古い皮質と新しい皮質が統一されて、抽象的思惟・判断・論理的思想が本能的感情・直覚と一緒になって、ダイナミックな、深遠な直観や無意識の動力になる。こういうことがだんだん承認されるようになって参りました。しかし、これはなにも新しいことではないので、東洋では昔からいっておることであります。西洋でも宗教的学者、哲学者のなかでも神秘派に属する人たちはやはりそういう見解を持っております。

たとえば、われわれが学校勉強をやるような、単に本を読んだり、暗記したりするような知性のはたらきのことをCogitationという。いわゆる抽象的思惟だとか、概念的論理などというものはもっぱらこれに依るのでありますが、しかし、これは脳のはたらきとしてはきわめて機械的なはたらきである。これがもっと練られて性命的になってくるとMeditationとなる。この方がはるかに深い知力である。学校の秀才必ずしも、否《いや》、むしろ社会において敗れたり嫌がられたりするものが多い。これはコジテイトができても、メジテイトができないからであります。これが更に発達するとContemplationになる。

これをドイツ流に申しますと、Cogitation にあたるものが Arbeitswissen 労働知。こういう機械的な頭のはたらきでは人生はわからない。もっと建設的な力が必要だというのでBildungswissen 形成知と申します。しかしこれでもまだ至らない。更に本能や感情を統一して、世俗を脱け出たものになると、Erloezungswissen 解脱《げだつ》知。これが一番尊いのだというので Heilswissen 聖知と申しております。これはマックス・シェーラーがいっておることです。

われわれの思想や学問というものは、理屈っぽいといった段階から、やはり直観的になってきて、物自体を動かす動的な力、つまり感化力のあるものになってこなければならない。そうなるとだんだん具体化してこなければならない。本に書いてあるのではなくて、その人の顔に書いてある。それこそ一挙手一投足、一言一行に現われるようになってこなければならない。その人の人相、その人の人格、あるいは言動や思想・学問が別々になっておるあいだはまだまだ中途半端である。西洋でも近頃はそういう傾向が強くなって、真理・哲学が身になる、Embody 体現ということが尊重されるようになって参りました。あるいはこれを Incarnate と申します。つまり真理・学問というものは、その人の相とならねばならぬということであります。それが動いて行動になる、生活になる、社会生活になる。これを運という。そうしてこそはじめて本当の学であります。学はその人の相となり運となる。それが更にその人の学を深める。相と運と学とが無限に相待って発達する。つまり本当に自己を実現する。一言にしていえば、近頃西洋の思想・学問でしきりに論ぜられておるSelf-realizationであります。今日の社会情勢の悪い点の一つは、その自分というものを棚に上げて、あるいは自分というものを除《の》けものにしておいて、他人のことばかりいう。これではいけない、すべて己れに反《かえ》って、自己を実現してゆかねばならぬ、と深刻に反省され、考究されるようになってきておるのであります。

しかしSelf-realizationということになりますと、日本人などは昔からそれで教えられ、鍛えられてきたのであります。白隠《はくいん》禅師の師僧は有名な信州飯山の正受《しょうじゅ》老人でありますが、この正受老人についてこういうおもしろい話があります。ある日一人の僧侶が自作の仏像を持って、その開眼を頼みにきた。当時はいわゆる像法の盛んな時代で、僧侶の中にも仏像彫刻を自慢にする輩が多かった。依頼にきた僧侶もそういう一人であったわけですが、さて、頼まれた正受老人はしみじみと僧侶を眺めて、「仏像を彫るよりもなあ、お前の面《つら》をもう少しなんとかせんか」といわれた。

面《かお》はわれわれの相であり、相とは自己実現のもの。いかに抽象的理論をうまくいっても、高遠なことをいっても、もっとも具体的な人間そのもの、その表現であるところの相、それは見る人から見れば、すぐわかるのであって、その面構《つら》えが悪かったら、いくら立派な仏像彫刻を作ったところで、大したことではない。この一言、骨身にこたえるものがあります。

いつかもお話しましたが、かつてドイツに行って、ベルリン大学で話をしておったところ、医科大学で東洋の人相の書物を集めておることを聞き、興味を持っていろいろ調べてもらったら、皮膚科で集めているという。で、その理由を聞くと、人間の皮膚というものは、生きたもので、とくに顔面皮膚はもっとも鋭敏で、体内のあらゆる機能がことごとく顔面に集中しておる、いわゆる面皮というものに集中しておるという。こういうことがみな東洋の人相の書物に出ておるので、集めているのだという。真理はどこから研究しても同じところに到達するので、われわれも相を重んじなければならないのであります。

さて、その相にもいろいろありますが、たとえば頭とか目、鼻とかに現われる相は形相、これは外観的・表面的なもので、静止的な相であります。しかし人間は動物であるから、この相は動いてくる。動くというと、歩く相、坐する相、怒る相、笑う相、泣く相、食う相と、それこそ千差万別、すべてに相が現われてくるのであります。したがって抽象的・

内面的な学問をして、内から修めてゆくことももとより必要であるが、そのSelf-realizeであるところの学問・修養をして、外から修める、形から入ってゆくということもまた有効な方法である、ということは確かであります。

ところが日本人の一つの誤まれる常識は、学問・修業というとすぐ心に結びつけて、形を無視する傾向がある。また反対に形を重んずる人間は、心を忘れる傾向がある。そのもっともはなはだしきものがいわゆる相者、人相見。これは相は見るが、皮相に見て心を問わない。皮相は心の相であることを忘れている。本当の学問は心相一如でなければならない。そういう意味で相学というものは大切なものであります。

こういう風に相は実に深刻なものでありますが、その一例として、興味深いものの一つに袁柳荘の相書があります。袁柳荘はおもしろい閲歴の人で、明の三代目の成祖（世に永楽大帝という）を輔弼《ほひつ》した人であります。永楽大帝は太祖の四番目の王子で、燕《えん》に封ぜられておったので燕王棣《たい》といわれた。一番目の王子が若死したので、その子、つまり太祖の孫が第二世となり、これが建文皇帝。永楽大帝はその叔父で後に第三代目となるわけであります。この永楽大帝の革命は史上類のない特色をもっておりますが、その一つに三人の変った人物が参画しておることであります。袁珙《こう》は相を見ることの大家であり、道衍《えん》はお坊さん、金忠は占者であった。この三人がおったので、革命が成功したのであります。この模様が明史に実にドラマチックに描かれておりますが、それはさておき、この袁珙という人は、太陽を仰いで、目が眩んだところで暗室に入り、人を相すると、それこそ百発百中したという。この息子が親父の遺著と称して作ったのが『袁柳荘相書』であります。いろいろと議論もありますが、とにかくおもしろい。こういう相の書物を読むと、俗にいう人相などというものは問題にならない。俗眼より見た人相と、道眼より見た人相とはまるで違うのであります。では早速読むことにいたします。

凡男人有五十四貴・七十二賎・六十刑孤。女人有七賢・五徳・十一好処・七十二賎・六十刑孤。

およそ男には五十四の貴い相、七十二の賎しい相、また六十の人間を孤独にしたり、そむかせたり、世の中から罰せられたりする相がある。また、

女人に七賢・五徳・十一好処・七十二賎・六十刑孤。

という。これを一々説いておったら始末が悪い。それこそ痛かったり痒《かゆ》かったりで、たいへんであります。

行相

行欲正直昂然。不可偏歪曲屈。歩欲濶。頭欲直。腰欲硬。脳欲昂。凡偏体・揺頭・蛇行・雀竄・腰折・項歪不好。

「行は正直昂然《こうぜん》たらんことを欲す」、正しく真っ直ぐで、昂然と、つまり上向きに歩く。昂然はエネルギーが発揚している様で、悄然《しょうぜん》とした歩き方は好くない。「偏歪《へんわい》曲屈すべからず」、偏《かたよ》ったり歪《ゆが》んだり、曲ったりかがまったりしてはいけない。「歩は濶《ひろ》からんことを欲す」、濶歩《かっぽ》する。ちょこちょこと歩かない。「頭は直ならんことを欲す」頭は垂直になっていなければならない。「腰は硬ならんことを欲す」、硬はこわばるではない。この場合はぴたりときまることで、ふらふらしていない。

「脳は昂ならんことを欲す」、脳はとくに発揚するものがなければいけない。頭は形、脳は内容。よく試験の前の晩などになると、頭をかしげて、脳を屈して勉強するが、ああいう勉強の仕方は駄目であります。頭を上げて、屈せずに朗かに勉強しなければ、脳は生きてこない。

「凡そ偏体・揺頭・蛇行・雀竄《じゃくさん》・腰折・項歪《こうわい》は好からず」、身体を傾けたり、しじゅう首を振ったり、じぐざぐに歩いたりするのは好くない。自信のないところに行くと、たいていの人間は蛇行する。お茶の修業などでよくそれを教える。真っ直ぐに歩けるように、よく畳のへりを中心にして稽古させるものです。しかし真っ直ぐには進めても、真っ直ぐに後に退がることはもっとむずかしい。自動車でもバックは嫌がるものであります。

また雀や鼠のように、ちょこちょこと歩いたり、ぴょんぴょんと歩いたりするのは好くない。とくにこれは婦人に多い。腰折、項歪、腰を折って、うなじの曲ったのも好くない。一々もっともなことばかりであります。

坐相

坐欲端厳。坐如丘山。欲肩円・項正・体平・起坐緩。若是体揺足動者賎。

「坐は端厳ならんことを欲す」、まず端厳でなければいけない。次には「坐は丘山の如し」、丘や山の坐っておるように落ちついておる。その次には「肩は円・項《うなじ》は正・体は平・起坐は緩ならんことを欲す」、肩はふっくらと、首は真っ直ぐに、体は平らかで、起ったり坐ったりするのが、ゆったりとして、ぎっくしゃくしておるのはいけない。「若《も》し是れ体揺《ゆら》ぎ足動く者は賎なり」、体をぐらぐらさせ、足を動かすのはよくない。

世間にはよくあります。今日もこちらに参る途中の飛行機の中で見ておると、隣に坐っておった三人連れが、足をあっちへやったりこっちへやったり、しじゅう動かしている。ひどいのはドタ靴を頭より高いところへ上げて、のべつ幕なしにもぞもぞと体を動かしておる。こういう人間は賎人に属する。名士であろうが重役であろうが、人間そのものは賎しい。

「肩は円く」とありますが、肩は円くなければいけない。いかっているのは空威《から》張り・瘦我慢の相。またそげ落ちて、羽織がずり落ちそうな肩のないのもいけない。こういう肩は美人に多いのですが、いわゆる薄命の相の一つに入るわけであります。しかし、ふっくらと円からんことを欲すといっても、これはおだやかな堅ぶとりをいうことで、でぶでぶ肥えておるのはいけない。瘦せておっても、線がなだらかで、どこかふっくらしておればよい。これを円相という。角《かく》張ったり、でこぼこしておるのは好くない。円相・平相・厚相がよい。薄相・曲相・尖相《せんそう》になってはいけない。これは声などでも同じことで、円くて平らかで厚みのあるのはよいが、金切り声だとか、きいきい声だとか、しわがれ声はいけない。

食相

食欲開大合小。猴飡鼠飡不足道。項伸如馬一世辛勤。

「食は開くこと大にして、合うこと小ならんことを欲す」、口は大きく開き、小さく結び合する。つまり閉めておる時には小さく、開けば大きく開く口がよい。開きっ放しの口はいけない。「猴飡《こうさん》・鼠飡《そさん》いうに足らず」、猿が物を食っておるのを見ていると、唇を動かし、歯をむき出して特別の食べ方をする。無闇に口をもぐもぐさせて食べる人がありますが、こういうのは猿食いという。鼠飡は、鼠がぱりぱり嚙るような食べ方、つまみ食いなどする時によくこれをやる。

「項《うなじ》伸ぶること馬の如きは一世辛勤《しんきん》す」、馬が飼料をもらう時は、首を突き出して、食物の方へ首を持ってゆく。これを馬食という。こういう食べ方をする人間は一生苦労する、貧乏する。以前インドの山中で二、三歳と五、六歳の二人の子供が探検隊によって発見されたことがあります。これは狼に育てられた珍しい例で、夜間目が見えて、四つ足で歩く。なにか向うから来ると、すばやく音を聞いて唸る。物をあたえると、犬や猫と同じような食い方をする。それを苦心惨澹して育てたところ、小さい方は間もなく亡くなったが、大きい方はしばらくのあいだ育った。やっと立って歩くようになったが、人語は四十そこそこしか憶えなかったということであります。

人間も動物化すると、そういう風になる。宴席などに坐っていると、名士や重役などといわれる相当な人の中にも、こういう食べ方をする人がかなりある。口を持ってゆく。戦時中でしたか、こういう食べ方をする大官名士に会ったことがありますが、この人、名士でありながら、一生苦労しております。

語相

声音出於丹田。唇舌匀停・和緩不露歯為妙。急焦乱泛者賎。

「声音は丹田《たんでん》より出《い》づ」、咽《のど》から出たり、頭のてっぺんから出るような声はいけない。これは大事なことで、謡曲なども端坐してはじめてできる。

「唇舌匀停《しんぜついんてい》」の匀は整《ととの》う、調和。停は止まる、落着いておる。唇と舌は整って落着いておらぬといけない、ということは声音が整っておらねばならぬということであります。

「和緩、歯を露《あら》わさざる妙と為《な》す」、和やかに緩やかに、ゆったりと歯をあらわさない。歯をむき出しにしたり、歯茎《はぐき》をあまり出し過ぎるのはよくない。

「急焦乱泛《らんぱん》なる者は賎し」、急はせかせか、焦はいらいら、乱はとりとめのない、泛は浮ぶで、つまりぺらぺらと他愛もないことをいいちらすこと。これは賎しい。

笑　相

開口大哂可。不欲閉口無音。若似馬嘶猿喚者不可。

「口を開いて大いに哂《わら》うは可」、哂は元来は、にっこりと微笑すること。とにかく笑う時には大いに笑うのがよい。「口を閉じて音なきを欲せず」〝うっふふ〟というような音のない笑い方はよくない。

「馬嘶猿喚《ばせいえんかん》に似たる若き者《ごと》は不可」、ひひーんと馬の嘶《いな》くような笑い方、きゃっきゃっと猿の喚《さけ》ぶような笑い方、こういう笑い方はよくない。本当にきゃっきゃっと猿のような笑い方をする人がおる。こういう人は心情がよくない証拠であります。相学を深く研究すると、恥ずかしくって、それこそ面を上げて歩けない。

女人七賢

行歩周正。面円体厚。五官倶正。三停倶配。容貌厳整。不泛言語。坐眠倶正。

賢女といわれるものに、観察される七つの要素がある。「行歩周正」、周はあまねしで円と同じ。まるみがあって正しい。「面円《まる》く体厚し」、薄相はどんな美人でも薄命であります。「五官倶《とも》に正し」、五官みな正しくそろっている。

「三停倶《とも》に配す」、停はとどまる、つまり釣合いのとれておること。人間の顔は、眉毛から上を上停、鼻の下から頤《あご》までが下停、その中間を中停という。この三停の釣合いがとれていなければいけない。額が豊かなれば、頤も豊かでなければならぬ。とにかく釣合うということが大事であります。美人薄命の原因の一つは、頤が細くなって、卵を逆にした形になるからであります。だいたい上停は初年、中停は中年、下停は晩年を表わすから、おとがいが細いということは、晩年が寂しいということで、逆に下が豊かということは、晩年の豊かなことを表わしておる。その方が福が多い。そこで下ぶくれの女のことをお多福という。女房はお多福に限るのであります。

しかし、そのお多福も円相・厚相でなければいけない。だから同じ美人でも俗眼の美人とは違う。お茶屋などに行って出て来る美人芸者などは、なるほど俗眼にいう美人には違いないが、相学上の眼からは欠陥のあるものが多い。ああこの欠陥はいかぬなあと思うと、いかな美人も興味がなくなってしまう。

「容貌厳整」、「言語を泛《みだり》にせず」、くだらぬことをべらべらしゃべらない。言葉は少めに、しっかりしたいい方をする。「坐眠倶に正し」、坐相は自分にもわかるが、眠相はちょっと調べようがない。おっ母さんや友達に見てもらえば宜しい。こういうことが七つの勝れた条件、これが整っておれば女房にして差支えないのであります。

女人五徳

平素不与人争競。苦難中無怨言。節飲食。聞事不驚喜。能尊敬。

「平素人と争競せず」、普段《ふだん》人と競争しない。婦人はなにかと較《くら》べたがるが、これはいけない。

「苦難中怨言《えんげん》なし」、苦しみや難儀の中にあって怨《うら》み言《ごと》をいわない。世の亭主族のもっとも大きな打撃は、苦難の際に妻子から怨言を聞かされることです。亡くなった（内大臣をされた）湯浅倉平さんの奥さんは賢妻で名の通った人でありますが、湯浅さんがまだ若い時、辞表をたたきつけて家に帰ったら、奥さんが玄関に出迎えた。湯浅さんはぷりぷりして「今日は辞表を出して来たよ」といったところ、奥さんはにこにこと「そうですか、それではまた魚釣りができますね」と応《こた》えたという。湯浅さんは魚釣りが大好きであった。よほどこの言葉が嬉しかったと見えて、一生自慢にしておりました。

ところがこれとまったく逆の話が私の友人にある。喧嘩っ早いが、なかなかの快男児であった。奥さんは美人で才女であったが、心の修養が足らぬというか、とにかくしじゅう喧嘩ばかりしておった。喧嘩をするというのは、双方ともに修養ができていなかったわけでありますが、ある時、地方長官の時でしたが、次官と喧嘩をして、辞表をたたきつけて家に帰ってきた。玄関で「おい、今日は辞表をたたきつけて来たぞ」といった時に、奥さんの応えた言葉が「いわんこっちゃない。あんたは頑固だから、いつかはきっとこういうことになると思っていた。これから先一体どうするんですか」と。この時の女房の言葉くらい癪《しゃく》にさわったことがなかったそうでありますが、とうとう別れてしまいました。これでは誰だって怒ります。第一、長年連れ添うた俺を知らぬかということになる。苦難中に怨言がないということ、とくにこれは女に必要なことであります。

「飲食を節す」、男でも飲食を節することは、もとより健康にも必要であり、また修養にも必要なことであります。暴飲暴食、飲食にきたないことくらい、健康をきずつけ、徳をきずつけることはない。徳川時代の観相の大家に水野南北という人がありますが、飲食を戒めております。つまみ食いや間食をする女は女房にはよくない。とくにおっ母さんは注意せよ。間食やつまみ食いをしない家の娘は必ず躾が良い。飲食はなるべく三度の食事の時にやる。「勿体《もったい》ない」といってわざわざ食う人間がおるが、それこそ食う方が勿体ない。「事を聞いて驚喜せず」、喜ぶことは好い。しかし驚喜しない。とんきょうな声を立てて嬉しがる人がおりますが、こういう人は軽率・軽薄であります。

「能《よ》く尊敬す」、委《くわ》しく論ずれば、この三文字で堂々たる道徳学・倫理学になる。たとえば宗教、道徳とは何ぞや。人間の徳の根本的なものは敬するということ、と同時に恥づるということでありまして、人は敬するという心があってはじめて進歩向上し、恥づるという心があって自ら律し、また警《いま》しめる。この恥づる心が発展して道徳になり、敬する心が発展して宗教になる。しかし恥づるということは、人間誰も保っておる徳であるが、少し偉くなると、敬することを知らぬようになる。いわゆる不敬になる。人を卑しめる、侮る。なんとかいうとけちをつけたがる。よく尊敬することを知る女、それのできる女は立派な女であります。

貴　体

臍深・腹厚・腰正・体堅・為錦腸夫人・男人亦然。

近頃、臍《へそ》というものが、とくに西洋医学において論ぜられるようになって参りましたが、東洋医学では昔からこれを大切に論じておるのであります。「臍深く」、だいたい臍は深くなくてはいけない。出臍はよくないのであります。「腹厚く」、「腰正に」、腹も厚くなければいけないし、腰も正しく坐っておらねばならぬ。「体堅く」、体もしっかりとしまっておらねばならぬ。こういう女を「錦腸《きんちょう》夫人となす」、男もまた然りであります。堅いというのはこちこちではない、しまっていることです。

ところがこの形相の次に「色相」というものがある。とにかく微妙な色になって現われる。そして更にその上に「神相」というものがある。人間というものは、形に現われ、色に現われ、精神にあらわれる。こうなるとなかなか観察がむずかしい。

神・気・色三件

有雖相好・気色不好。天不得晴明不得日月。人不得気色不得運通。待気開色潤方得通時。気滞九年、色滞三年、神昏一世。三件倶暗、窮苦到老。

「相好しと雖《いえど》も、気色好《よ》からざる有り」、気色は心の外に現われたもの、相が好くっても、心が悪く、気色の悪いものがある。「天、晴明を得ずんば日月を得ず」、天も晴れなければ、せっかくの日月も見ることもできない。同様に「人、気色を得ずんば運通ずるを得ず」、人間、気色がよくなければ、運が通じない。そうして「気開け色潤《うるお》うを待ってまさに時に通ずるを得」、はじめて運が通じる。「気滞すれば九年」、気が滞《とどこお》れば九年駄目。「色滞れば三年」、色滞れば三年。「神昏《くら》ければ一世」、神昏ければ一世。「三件倶《とも》に暗ければ、窮苦、老に到る」年をとるまで運が開けない。

だから形を養おうと思えば色、色を養おうと思えば気、気を養おうと思えば神を養わなければならない。つまり深い精神生活を持たなければ、本当の意味の形相・色相は養われないのであります。結局、運というものは相に現われ、相がよくなれば運もよくなる。しかし運をよくしようと思えば、結局、心を養わなければならないのであります。心を養うとは学問をすることで、したがって本当の学問をすれば、人相もよくなり、運もよくなる、すべてがよくなる。運も相も結局は学問にほかならないのであります。学問・修養すれば自《おのずか》らよくなる。そこで昔から本当の学者聖賢は、相や運の大事なことは知っておるけれども、敢《あえ》てそれを説かなかった。その必要がないからであります。しかも学問には弊害がない。相や運を説くと善悪ともに弊害がある。「易を学ぶものは占わず」とはそこをいうのであります。占わないというのではない。占ってみたところで仕様がない。いずれにしてもわかっておるから、占わないだけのことであります。

しかし学問もそこまでわかれば、相や運に対する心得を一通りは持っておって宜しい。それを通して相当に人を導くことができる。人は案外内容的・無形的にはわからぬが、よく相に現われるものであります。しかも相学というものはなかなか興味がある。したがってそういうことを弁《わきま》えておくことも、決してこれは無意味ではないのであります。（昭和四十年十一月「活学第一編」より）

蘇東坡「養生」の法

一

私はいま甲斐の河口《かわぐち》湖畔に宿っている。

夕陽はほとんどまったく十二ヶ嶽に含まれて、北の方正面《かた》の大石峠の巓《いただき》には茜色《あかねいろ》にかがやいた彩雲が揺曳《ようえい》し、それが御坂峠、水峠の方に偏《かたよ》るにしたがって、ようやく紫金の色に変じている。

それらの高峯に統率された群山の陰からは、蒼然たる暮煙が次第次第に起ち騰《あが》って、澄みきった湖上にも冷たい霧が彷徨《ほうこう》してきた。

その間にも夕闇はひたひたと湖光を罩《こ》める。もう大石峰の彩雲もいつのほどにか一様に黝闇《ゆうあん》な夜の長空に吸収されて、山も岬も凝然《ぎょうぜん》として黙している。ふと眄《なが》める藤木崎の上に明星が燦然と輝き初めた。ほとんど同時に産屋ヶ岬の陰に一点の燈《とも》し火がちらりとさす。私はいつまでもいつまでも欄に凭《よ》って、暗に包まれゆく湖の夜景の変化を飽かず眺め入った。夜色がいよいよ幽遠になるにつれて、星の光は一入《ひとしお》冴えわたり、いつか森々として湖水にその影を蘸《ひた》しはじめた。この沈痛なほど森厳な夜の山中の湖に対して、幾月ぶりに都塵を逃れてきた私は、われ知らず黙祷をささげたまま、怪《あや》しくも悶絶しそうな気分に打たれた。思えば長いあいだ、朝夕混乱喧騒をきわめる電車に迷惑し、世間とともにあるいは怒りあるいは笑い、そして毎日法律学と経済学とに眼をさらしてきた私は、あさましいほど自然を拒否していたのである。それは私の情緒にとっていかに堪えがたい虐《しいた》げであったであろうか。始めて夜、この湖に着いたとき、私は何か知らず自然に涙ぐまるるのを覚えた。今宵もこう耳を傾けると、漣漪《さざなみ》の声がこの胸の千愁万恨を誘うのである。私は沈痛な気分で室にかえって行李の底から『荘子《そうじ》』をとり出した。

二

人生に苦しみ、自我に悩んだ東坡《とうば》は、『荘子』を自分が衷《うち》に感じて、しかもどうしてもいえなかったところを道破してくれた古今の知言として悦《よろこ》んだ。荘周《そうしゅう》は偉大な情熱を懐《いだ》いて韜晦《とうかい》した哲人である。彼は独特な美的思想と天縱《てんしよう》の想像力とをもって、夙《はや》く尋常理知の破綻を痛喫し、人間の感情的生活のいかに浅浮で、とりとめないものなるかに驚き、つくづくと名聞の生活のはかなさを悟って、一切のものを否定したのである。そして一切の否定の底に大なる肯定の力を認得して、「無喜亦《また》無憂」の福音《ふくいん》を縦説横説したのである。彼の文章はその滑稽（Humor）において、またその諷刺（Satire）において実に端倪《たんげい》を許さぬものがある。醇儒的思想の人が彼の文をもって憎むべき異端とすることは、昔から普通ではあるが、それはあまりに単純であり、且つ無理解たるをまぬがれない。彼の滑稽や諷刺をもって、ただちに漫然人《ひと》に向って放たれたものと解してはならぬ。この滑稽諷刺には、自他に対するひとしき嘲罵《ちようば》や憤怒《ふんぬ》がこもっているのである。向上の一路に精進するものは動《やや》もすれば退転せんとする自己の弱心に憤怒し叱咤《しつた》する。ある時はこれを道心の前に据えて嘲笑する。自己に対して、然《しか》るがごとく、また人に対しても然《しか》るのである。故にわれわれはその滑稽諷刺の奥に、宜しく善に対し真に対し美に対して、高く脈搏《う》つ彼の尊い熱血を感得せなければならない。実際われわれの耳は容易に他の好意ある毒語に逆らう癖を持っている。私は、切に、他の痛棒を甘受しこれに参究するような謙虚なそして鋭敏な心を有《も》たんことを願う。

東坡もまた情熱に累せられた人であった。尋常一様な俗骨であったならば、彼のごときはいくらでも幸福な生活にいたり得たであろう。

彼は若くして進士に登第し、制策に中《あた》り、その名声は一世の青年が羨望の的であった。彼がもしその才と頭とそしてかの雄弁とをもって、巧みに時流に迎合していったならば、ずいぶん政権を握る機会をも捕え得たに相違ない。

しかしながら、彼の至醇にして鋭敏な情緒はその雄弁を借りて、いたるところに露堂々たる奔流をなした。そしてついに生涯の行路をして屈曲波瀾をきわめしめたのである。それだけ彼は人生の行路に悩みつくしたので、とうてい他の張三李四《ちようさんりし》のごとく漫然として浮世の生活に安住することができず。勢い深くその性命を究めて、心に安立するところを求めざるを得なかった。しかるにこの安立を求めることにおいてもまた彼は自己の多感多情にして迷執多きに苦悶せなければならなかったのである。かくて彼は一方、道を精進するかたわら、また苦悶のあまりしばしば自忿《じふん》し自嘲し自笑した。このことはおのずから彼をして強く『荘子』に傾倒せしめる主因となったのであろう。……………

風がきて私の置いた『荘子』の書をハタハタと翻《ひるがえ》した。私は押えたところをとり上げて、凝《じつ》と眺める。眼下の文字は映る——

舜《しゅん》、丞《じょう》に問うて曰く、「道、得て有すべきか」。

曰く、「汝の身すら汝の有に非ざるなり。汝何ぞ夫《か》の道を有するを得んや」。

舜、「吾が身、吾が有に非ずんば、孰《た》れか之《これ》を有するや」。

曰く、「是《こ》れ天地の委形なり。生、汝の有に非ず。是れ天地の委和なり。性命、汝の有に非ず。是れ天地の委順なり。孫子、汝の有に非ず。是れ天地の遺蛻（いぜい）なり。故に行いて往《い》く所を知らず。処《お》って持する処を知らず。食《くら》って味はふ所を知らず。天地の彊陽気なり。又胡《なん》ぞ得て有すべけんや」。（荘子・外篇・知北遊）

刹那、私はこの文字が不思議に眼をつらぬいて脳底に印象されるように感じた。そしてこの自然味が非常に嬉しかった。一切は自然の運行、あるいは運動そのものにほかならない。苦しむべき「我」は一体どこに在るのだ。私はまた起ち上って欄に凭《よ》った。そして今ならば私は一切を包容することができる。たしかにできる。こう思って廊下を歩みながら静かに長嘯《ちょうしょう》してみた。漣漪《さざなみ》の音、星が光る。ああ、しかしこれもまだ一時的な気紛《きまぐ》れに過ぎまい。私はまだまだ努力と苦闘と涵養とを要するのである。

渓声　便《すなわ》ち是れ広長舌　　蘇東坡

山色　豈《あ》に清浄心《しょうじょうしん》に非ざらんや
夜来　八万四千の偈《げ》
他日　如何《いかん》か　人に挙示《こじ》せん

三

東坡はいかに『荘子』によって動かされたであろう。とてもたいていの人間では堪うべくもない世途の轗軻《かんか》――讒誣《ざんぶ》、入獄、流謫、さては痛ましい離散、魂を蝕《むしば》む寂寞、眼病、痔疾、貧苦、これらのすべてを征服するはいかにして可能であるか。それはただ超越あるのみである。

すなわち『荘子』は「物を外にし、生死を外にし、よく朝徹見独」すべきを教え、真人を説いて、

古の真人は生を説《よろこ》ぶを知らず。死を悪《にく》むを知らず。その出も訢《よろこ》ばずその入も拒《こば》まず。翛然《ゆうぜん》として行き、翛然として来るのみ。その始まるところを忘れず。その終るところを求めず。受けてこれを喜び、忘れてこれを復す。

是《これ》を之《こ》れ心を以て道を捐《す》てず、人を以て天を助けずと謂ふ。然るが如きものはその心

は忘。その容や寂、その顙《そう》（額）や頯《き》（広）云々――

となし、これによって顔回《がんかい》をして孔子に、仁義を忘れ、礼楽を忘れ、ついに坐忘せりと語らしめ、あるいは多くの不具の哲人を拉致《らち》して「物化」の妙悟を挙示し、逍遥遊の楽を恍《こう》洋《よう》自在に説いた。

大乗を決定するの一事もまた破執に帰するではないか。東坡はもはや浅薄可憐なセンチメンタリズムに耽っていることはできない。彼の生活は徒爾《いたずら》な感傷にみずから慰めているごとき浮気なものでなかったのである。他人の同情や自己の述懐が何になる？　後を顧みたり左右を眄《なが》めたりしていることは、みすみす己れを滅ぼすことにひとしい。とにかく差し迫ってこの停滞踟躕から飛躍せねばならぬ。これが唯一の「生くる道」である。そして彼はこの道を、ニーチェの言葉を借りていえば獅子のごとく猛く進んだのであった。たとえば彼が王晋卿《おうしんけい》にあたえて書画の愛蔵を論じた宝絵堂の記に――

君子は以て意を物に寓すべく、以て意を物に留むべからず。意を物に寓する時は、微物といへども以て楽をなすに足り、尤物《ゆうぶつ》といへども以て病をなすに足らず。意を物に留むれば、微物といへども以て病をなすに足り、尤物といへども以て楽をなすに足らず。

と説き、終に、

　これを譬ふれば煙雲の眼を過ぎ、百鳥の耳に感ずるのみ。豈に欣然としてこれに接せざらんや。去りて復《ま》た念《おも》はざる也。

といえるごとき、彼が安心の工夫を説いて余薀《ようん》がない。彼はまた密州に知事たる時、「超然台」を作って一文を草した。

　およそ物みな観るべきあり。苟《いやし》くも観るべきあらばみな楽しむべきあり。必ずしも怪奇偉麗のもののみに非ざるなり。糟を餔《くら》ひ漓を啜《すす》りてもみな以て酔ふべく、果蔬《かそ》草木もみな以て飽くべし。この類を推《お》せば、吾れ何《いず》くに往くとしてか楽しまざらんや。夫れ福を求めて禍を辞せんとするところの者は、福は喜ぶべく禍は悲しむべきを以て也。人の欲するところは無窮にして、物の以て我欲を満たすべきものは有尽なり。美悪の弁、中に戦ひ而して去取の択前に交れば、楽しむべき者常に少くして、悲しむべき者常に多し。これ禍を求めて福を辞すと謂《い》ふ。夫れ求禍辞福は豈に人の情ならんや。物以てこれを蓋ふあり。彼れ物の内に游《あそ》びて物の外に游ばず。物大小あるに非ざるなり。その内よりしてこれを観れば、未だ高且つ大ならざる者あらざるなり。彼れその高大を挟みて以て我に臨めば、則ち我れ常に眩乱反覆すること隙中の覩《と》闘の如し。また烏《いずく》んぞ勝負の在るところを知らんや。是《ここ》を以て美悪横生して憂楽出《い》づ。大いに哀しまざるべけんや。

是《かく》のごときは真に彼が生活より絞り出された本質的告白である。救いを呼ぶ声である。そして彼は一難を経るごとに目覚ましく鍛練を重ねて、その人格に次第次第に自由と静曠とを加えて行った。かく言うことはなんでもない。しかしながら、それは実に容易ならぬ尊い人間の事実である。この事実はほぼすでに「蘇東坡の生涯と其の人格」*中に述べておいたからもはやここには再説すまい。ただ一つ忘るることのできないエピソードを私は紹介しよう。

*編者注——これは安岡先生が第一高等学校卒業に際して、東京帝国大学の「帝国文学」誌上に掲載された作品。

それは彼が最後の流謫地へ逐《お》われてのことである。地は思いきって無惨な、雷州半島の南、海南島で、とうていわれらの想像することもできない蛮地である。土人のやや開けたものは熟黎といって耕作に従事しているが、たいていは深い洞窟に巣居して、木皮を績《つむ》いだ着物をまとうた野獣と大差ない蛮人に過ぎない。

四州一島を環《めぐ》り

百洞その中に蟠《わだか》まる
我れ西北隅を行く
月の半弓を渡る如し
登高、中原を望む
但《ただ》見る積水の空しきを
此の生当《まさ》に安《いず》くに帰すべき
四顧真に途窮す

と彼が凄然《せいぜん》として嘆じたのも無理はない。

あるとき彼はまた悲痛な胸を抱いて、空しく煙波淼々《びょうびょう》たる海を隔て中国の方を眺めながら、果てしもない思いに沈んだ――自分はいつになったら一体この島を出てあの中原に還れるだろう？ 自分はもう六十を越えておる。長い年月の辛苦に、昔は瓠然《こぜん》としておったこの腹も、こんなに萎びてしまった。薬もない、医者もない、こんな蛮地で、大方自分も悪疫のために殺《や》られるのではあるまいか、朝雲も疾《と》うに死んだ。恐らく自分もとうてい帰れはすまい。

惘然《もうぜん》として思わず頸垂《うなだ》れた時。ふと彼は眼前にこんな光景を思い浮べた。

足もとの窪《くぼ》みに水が溜っている。よく看《み》るとその中に小さな芥《ごみ》がぽつんと浮んで、その上に一疋《いっぴき》の蟻が一生懸命に縋《すが》っている。蟻は時々ささやかな頭を擡《もた》げて見まわすが、いずこも茫々たる海である。彼は惘然《もうぜん》としてなす術《すべ》をしらない。そのうちに太陽は雲を破って、強烈な光を地上に投げた。水溜りはすぐに涸《かわ》いて痕形《あとかた》もなくなってしまった。蟻は大急ぎで去ってしまう。やがて向うからも一疋の蟻がきて、出会い頭《がしら》に双方ひょっくりとお辞儀をした。さっきの蟻は言う――すんでのことで私はもうまたと再びお前様と会うこともできないところであった――なるほど考えて見りゃ、この通りである。天地も積水の中に在る、九州も瀛海《えいかい》の中に在る。中国も小海の中に在るのだ。生きとし生けるもので島に往まないものがどこにあるか。

こうして彼はまた自らセンチメンタルな気分を出て、遥かに無限を思うた。

蘇東坡

参《しん》横たはり斗《と》転じて三更ならんと欲す
苦雨　愁風　また解晴
雲散　月明　誰か点綴《てんてい》す
天容　海色　もと澄清

空しく余《あま》す　魯叟乗桴《じょうふ》の意
粗《ほぼ》識る　軒轅《けんえん》奏楽の声
南荒に窮死するも吾れ恨みじ
この遊　奇絶　平生に冠たり

四

私は東坡「養生」の法を説かんとして、意外に長く前提にひっかかってしまった。これだけではあまりに抽象的である。もっと切実な実地の工夫が彼になければならない。それが彼の坐禅と道術とに現れておるのである。坐禅や道術を行なったといっても決して臆劫《おっくう》がる要はない。あるいは彼のために坐禅や道術というごとき、世間にあまり多く誤解され、また実に誤伝されておる言葉を使ってはならないかも知れない。静坐という語もまた朱子学派や近くは坊間流行の静坐法が偲ばれていかぬ。そのために私は維摩《ゆいま》のいわゆる「宴坐」を用いようと思う。でなければただ「坐」でよい。

彼は一生この「坐」の方法を講じて倦《う》まなかったのである。われわれは泣き、笑い、また怒る。かくのごときはわれら本然の経験である。泣き、笑い、怒ることにもとよりなんら善悪はないと思う。しかるにわれわれは往々にして泣くことにおいて顛倒《てんとう》し、笑うことにおいて顛倒し、怒ることにおいて顛倒する。顛倒するがゆえにわれらは容易に人生全体、人生そのもの、もしくは宇宙全体、宇宙そのものを経験することができなくなってしまう。換言すれば全体の通観を礙《さまた》げる。全体を通観するには、全体あるいは「そのもの」を味わうには、まず常に全体の意識をもたなければならない。全体の意識とは分離しない意識である。純粋経験の状態である。この全体意識を失わざるにおいて、始めて一切の部分は全体に即するを得るのである。

顛倒はすなわちこの全体意識を破るものである。したがって泣き笑い怒ることはよい。ただ、いかに泣くも笑うもまた怒るも、顛倒することだけは許されない。一転語を下せば、われらは単《ひとえ》に芸術家でなければならぬのである。なんとなれば芸術は部分に全体を把握し且つ啓示してくれるものであるからである。この故に真実なる芸術家はいかに涙と笑と将《はた》又《また》怒とを経験し再現するも、常にその奥底に湛然たるRuhe（平安）を有せねばならぬ。これを称して「坐」というのである。

かつて舎利弗《しやりほつ》が林中において樹下に宴坐（坐禅）しておった。時に維摩詰《ゆいまきつ》来《きた》って彼に曰く、ただ舎利弗、必ずしも坐を是れ宴坐となさざるなり。それ宴坐たる、三界において身意を現ぜず。これを宴坐となす。滅定《めつじょう》を起たずしてもろもろの威儀を現ず。これを宴坐となす。道法を捨てずして凡夫の事を現ず。これを宴坐となす。心、内に住せず、また外に在らず。これを宴坐となす。諸見において動ぜずして、三十七道品《どうほん》を修業す。これを宴坐となす。煩悩を断ぜずして涅槃《ねはん》に入る。これを宴坐となす。もし能《よ》く是《かく》の如く坐すれば、仏の印可するところなり。

維摩経のこの一節はどうしても忘れることのできない魂の文字である。維摩のいう宴坐とは、つまりこのRuheを指すにほかならない。もしこのルーエに即《そく》するときは、泣くも笑うも、また怒るも、決して斥くべき煩悩でもない。みなそのままに人生そのもの宇宙そのものであることをいったのである。

他人の無状に怒るとき、自身のあさましさに苦しむとき、求めて得ず、与えて返されざる悩みに惑うとき、私の心はたちまち叫ぶ。「坐を起つな」、「坐を起つな」。私にとって坐はすでに深い深い意識的な本質的欲求になってしまった。しからばどうしてこの坐に游べるか。その一手段がすなわち打坐である。ただこの打坐とは決して公案を拈《ねん》じたり呪文を唱えたりするようなことをいうのではない。ただひたすらに諸縁を放下《ほうげ》し、形を整え、呼吸を練り、非思量なれというのである。換言すれば純粋意識の状態に還れというのである。

道元和尚はこれを「安楽法門」と称した。そして只管打坐《しかんたざ》の効を積めば、おのずからその心に湛然たるルーエを行住坐臥《ぎょうじゅうざが》に持続し得るようになることは、東坡の体験に徴しても明かである。

もし私にこの坐に游ぶことを教えられなかったならば、私は、いかに失望し落胆し懊悩したであろうか。たしかにこの安楽法門は私にとって嬉しい「救い」である。この救いの光明に接せぬあいだは、私は泣くも笑うも怒るにも、一切の事実がすべて憂欝の種であったのである。

この打坐することにおいて、はじめてわれわれは『荘子』を体読することもでき、したがって東坡の進境もわかる。要するに彼らとわれわれとは、その本質的要求においてははなはだしく相一致しているので、ただその表現の言句文字が違うにほかならない。

打坐することは同時に呼吸を調《ととの》えることである。われわれの呼吸は実にはなはだ粗《あら》く不整である。禅家はこれを風、喘《ぜん》、気、息などと区別するが、そんなことはどうでもよい。試みに考えてみると、われわれはしじゅうハーッと「といき」をつく。どうかすると鼻息が耳に聞える。少し感情が昻《たか》ぶるとすぐに息がはずむ。逆に呼吸の不整なのは心が散乱している証拠だともたしかにいえる。故に心を練ることの深い人は必らず呼吸もまた深い。『荘子』はその大宗師篇に――真人の息は踵を以てし、衆人の息は喉を以てす。屈服する者は、その哨言《えきげん》すること哇《むせ》ぶがごとし。その嗜欲深き者はその天機浅し――と説いている。われわれの呼吸は常に寛く、長く、且つ深くなければならない。よく鼻端に軽い羽毛をあててなお且つ顫動《せんどう》しないくらいにといわれている。一分間に四つ以上するようではとてもいけない、少しく修練すれば一分一呼吸になることができる。このとき聴診器で検すれば、呼吸が聞えぬくらいに弱いそうである。

打坐の外相は、やはり左足を右胜《もも》の上に安置し、尻を十分後《うしろ》に引いて、どっしりと全身の重心を丹田に落し、手は自然に垂れて左脚上に右甲をのせ、その掌に左甲をのせて拇《おや》指を互いに撐《ささ》えしめ、両肩と耳と、臍と鼻孔とが真っすぐに相対するようにするのが一番である。この際、腰に一段高く坐物を敷く。もし気海丹田充実の工夫がよくつけば、行住坐臥、常に「坐」といってよい。それから静かに身体を前後左右にゆらりゆらり揺《ゆす》ってみて、ちょうど起き上り小法師が沈着《おちつ》くように自ら重心を定め、まず腹中万斛《ばんこく》の濁気を吐却《ときやく》するごとく息を吐いてしまってのち、おもむろに吸い込み、また静かにこれを吐く。このとき心に一と数えるのである。また静かに吸い、これを吐いて二と数える。かく一、二より始めて百、千、自ら止まるまでなすべきであるが、実際は容易にそう行かない。一度打坐して数息を始めると、いつの間にか頭の中がぐるぐると回り灯籠のように回転する。くだらない妄想や、いつであったかもう覚えてもおらない過去の経験が、しきりに出没する。そのうち数息は圧倒されて、ここに一個塊然たる妄想の肉団が惘乎《もうこ》として坐っていることになる。これがはなはだしきになると四息五息でこの通りになる。あるいは始め半眼に開いていたのが、いつかふらふら坐睡する。なかなか百を数えるのは容易なことでない。東坡の法として伝わる一法に、始め印をといて、右掌を胸にあて、静かに丹田まで撫で下げて、これとともにすっかり息を吐却し、次に掌をまた元に還して、新たに丹田に下げ、これで一と数う。右掌でかくすること百回、左掌でかくすること百回、更に掌を換えて、今度は丹田へ撫でおろすとともに、臍輪に円を描いて一と数えて行く。かくして三百回にいたるとある。私の未熟な経験でいうても、二、三十息にしてすでに手脚の存在を忘却し、百息にいたれば浩々として我と数と合致し、ただ天地間に呼吸あるのみのように覚える。しかし、私はどういうものかこの辺で眠りに落ちてしまう。たいていはこの時までに破れてしまう。修行を積んだ人に聞くとこの身乾坤《けんこん》とともに寂し、ただ八万四千の毛孔より雲霧が蒸し騰《あが》るそうである。あるいはまた線香を焚いておくと、心が鎮まるとともに線香の灰の落つる音がわかり、また、全身をめぐる血流が汪然《おうぜん》として感知せらるそうである。東坡の養生偈《げ》にいう。

すでに饑ゑて方《まさ》に食し、未だ飽かずして方に止《や》む。散歩逍遥、務めて腹をして空ならしめ、腹空なる時毎に、即ち便《すなわ》ち入定す。昼夜に拘らず。坐臥自ら便にす。惟《た》だ攝身木偶《でく》の如くならしむるに在り。常に自ら念言すらく、我れ今此の身、若し少《いささ》か動揺すること毛髪許《ほど》の如くなりとも便《すなわ》ち地獄に堕せん。商君の法の如く、孫武の令の如し。事必行に在り。死有るも犯す無し。又必らず仏及び老荘の語を用ひ、鼻端白きを眂《み》、出入の息を数へ、綿々存するが若《ごと》く、之を用ひて動かず。数へて数百に至る。此生寂然、此身兀然《ごつぜん》、虚空《こくう》と等《ひと》し。禁制を煩はさずして自然に不動。数へて数千に至る。或は数ふる能《あた》はず。則ち一法有り。強ひて名づけて随と曰ふ。息と与《とも》に出《い》で、復《ま》た与に倶《とも》に入る。之に随うて已《や》まず、一旦自らに住《とど》まれば、不出不入。或は覚ゆ此息、毛孔中より、八万四千、雲蒸雨散、無始以来、諸病自除、諸瘴自滅。自然明悟、譬へば盲人忽然《こつぜん》眼有るが如し。此の時何ぞ人に求むるに路を指すを用《もっ》てせん。是の故に老人言此《ここ》に尽く。

この始めの方は見逃すことのできない打坐の要心である。実際打坐に成功すれば、われわれは胸に溜っていた閊《つか》えがスッと消えたように、もしくは熱のとれたように感ぜられる。

とりわけ朝のごとき、衾《ふすま》を離れると丹田がドッシリと重く、気分が廓落《かくらく》として、天地が何となく清々《すがすが》しく広い。この気分が不断につづく時はすなわちわれわれの人格がそれだけ清曠と自由とを増したのである。何！　東坡に劣るかと力んで見るが、さてこれがまた並たいていの修業ではない。近頃のわれわれ仲間はみな頭にばかり逆上して、丹田の空虚な弱々しい感傷家が多いから、第一に足どりから悪い。すなわち足下がふらふらで、眼に精彩がない。禅では「牛歩虎視」せよという。いかなる場合でもそそっかしくてはならぬ。坐を起つとき殊に然《しか》りである。そうして常にできるだけ打坐のときの気分を保持せなければならない。散歩はまたこれがために非常によい。事実散歩くらい胸臆を虚明にし、呼吸を練るによいものは日常生活にないであろう。

東坡が黄州謫居《たくきょ》中の詩に非常に私の好きな一節がある。

先生食飽いて一事なし。
散歩逍遥自ら腹を捫《さす》る。
問はず人家と僧舎とを、
杖を柱し門を敲《たた》いて修竹を看る。

かくのごときはひとり東坡の「養生」法たるに止まらない。われらすべてが勤修すべきものである。道に進まんと思えばまた実にこの養生に励まねばならぬことを私は痛感する。

五

生を養うことかくのごとくであった東坡は、生を送ること――死――に対して果してどうであったか。

死という問題はまことに久しいあいだ紛々《ふんぷん》として論議されてきた。ずいぶん英雄と称せらるるほどの者にも、いやな臨終がきわめて多い。秀吉やナポレオンも気の毒であった。フランス革命の際、自分たちの作った断頭台で自分が殺されるにいたったダントンの最後など、聞くだに悲惨である。彼はみずから断頭台上で叱咤《しった》して「こりゃダントン、奮え‼」といった。人間は誰でも生きているうちは浮々《うかうか》と日を送っているが、そのあいだに彼らはいつか永遠の闇の淵に惹きつけられているのである。驚いて気がついた時にはもう晩《おそ》い。そのままに彼らは恐ろしく足掻《あが》き苦しみながら闇の淵の底深く引きずりこまれてしまう。こんな死に方にはとうてい堪えられない。まして死んで骸《むくろ》が焼かれたり、埋められたりするのを想像するのは以ての外である。しかしながら古来東洋の哲人に多くあったように、臨終に豪語して去るようなのも私には契《かな》わない。またある種の文学者・小説家のように――

たとえばノヴァリスのごとき――死を甘ったるく讃美するなど、はなはだしく不快である。

私は陽明のような、ニュートンのような臨終が懐しい。陽明は世宗の嘉靖《かせい》七年、両広諸蛮の乱を平定して帰京の船中、門弟たちを枕頭に呼び寄せて、いとも安らかに「我去る」といったきりしばらくして瞑目した。ニュートンは臨終に枕頭の懐中時計をとって、静かにその龍頭を巻きながら、眠るがごとく息をひきとったそうである。渚《なぎさ》に立って徐《おもむ》ろに退いてゆく潮、悠然として沈む夕日を観るたびに私はこうした尊い死を思う。衷《うち》に安立するところがなければ、どうしてこのような平和を得ることができようか。

わが東坡はどうか。

建中靖国元年七月二十八日、流謫より夢のごとく帰るを許されて毗陵まで来ながら、病終《つい》に革《あらた》まって臨終となった時、銭世雄は彼の耳もとに口を寄せていった。

――先生、先生、今こそぜひ、平素のご履践《りせん》を著力して下さい。――

彼は微かに答えた。

――着力すれば差（たが）う。――

私は覚えずして稽首する。ここまで彼が修養したことは後昆の私にとってなんという大きな力であろう。荘子は謂《い》う――聖人は晏然《あんぜん》として体逝《たいせい》して而して終る。――

私は燈火を滅して湖の漣漪《さざなみ》を聴きながら、綿々として東坡を懐う。（大正九年七月七日『日本及日本人』より）

編集後記

本書は黎明書房から昭和六十三年に刊行された『天地有情』のいわば続篇である。昭和二十四年に師友会が発足して以来、機関誌『師と友』に安岡正篤先生が書かれたものの中から、既刊書に収録されていないものを前半におさめ、後半には健康法について話された講演筆録など数篇、それに先生が大学生時代に書かれた「蘇東坡〝養生〟の法」を加えて『身心の学』と題した。「身心の学」というのは、先生が陽明学を講ずるときにしばしば用いられた言葉である。内容の上から「古教照心」「点心」「養心養生」の三篇に分類したが、以下これらの諸篇について、いささか感想と逸話を交えて解説に代えることにする。

無常観と悟道

うつせみの数なき身にもこの朝《あした》　聖《ひじり》の道を聞けばかしこみ
うつせみの露の命と思へこそ　聖の道を探《たず》ねこそ行け

これは先生の還暦記念詩歌集『浮生有情集』に出ている歌だが、このうつせみの無常観について先生は本書の「照心と心照」の中に、金剛経の六如是「一切有為《うい》の法は、夢の如く、幻の如く、泡《うたかた》の如く、影の如し。また露の如く電（稲妻）の如し」を引いて、「あらゆる現象世界の出来事は、まことにはかないものだ」、さればこそ「この無常観から真剣な哲学・悟道にはいるのだ」と述べておられる。（本書九頁）

東洋的虚無観とでも云おうか、現世のはかなさに対する詠歎は、先生が書かれたものの中に、しばしば色濃く影を落している。二、三の例をあげてみよう。

昭和十一年、吉川英治氏のお世話で出版された『童心残筆』の序には、劈頭に、

> 竹影堦を掃《はら》って塵動かず。月輪沼を穿って波痕なしというが、常に私はこのように暮らしたいと思っている。（中略）私は大自然のように凡《すべ》てなるべく痕迹を留めぬことを心がけている。自作の詩文も書きっ放し、遣りっ放し。時に人の世話もするが、あとは忘れて報いを求めぬ。死後も、一語の功勲に及ぶものなく、僅かに一片の苔碑を留むるのみなる古英雄など最もゆかしく思っている。

とあり、その第一篇の「客心」について、これは「主として旅の記録を集めたが、その意《こころ》は天地という〝逆旅《はたごや》〟に一夜の過客《とまりきゃく》となったに過ぎぬ人間である我が感想を云うのである」と述べている。

「落花の前」という随筆の中で、ドイツの地質学者がライン河流域をボーリングして、地層に含まれている花粉を、百二十五種、一億年前から百万年前まで地質年代順に分類したという話を聞いて、先生は「深い感動を覚えた。私も一花粉のようなものであろうか」と自問し、これにつづいて、

新古今集に在原業平の露の歌がある。白玉か何ぞと人の問ひしとき露と答へてけ（消）なましものを。一誦して忘れることができない。熊沢蕃山の『集義和書』に、世の中に愚が名の亡びて跡なからんことは愚が本心なり。悦びこれに過ぐべからずと云っているが、深く同感する。（『東洋的学風』十三頁）

と述べ、このあと天童正覚（宏智《わんし》禅師）の遺偈「夢幻空華　六十七年、白鳥湮没《いんもつ》　秋水連天」を引いて、「私はこの白鳥の偈など最も好きである」と絶讃している。師友会の同人には周知の『百朝集』も、末尾はこの偈で終っている。

その『百朝集』の首章は、西行法師の「世の中を夢とみるみるはかなくも猶おどろかぬわが心かな」ではじまり、『暁鐘』の書名も王陽明の「四十余年、睡夢の中、而今《いま》醒眼、始めて朦朧。知らず、日已《すで》に亭午（正午）を過ぐるを、起って高楼に向って暁鐘を撞く」から採られている。

往年の名著『東洋倫理概論』も、最初は「暁鐘」と名づけたかったと序文に書いておられる

が、その「立命」篇にも、唐代の小説「枕中記」いわゆる邯鄲の夢物語（黄粱一炊の夢）を引いて、「古今の英雄豪傑の驚天動地の大功業でも（それが情欲上からなされたものであれば）夢中の技倆にすぎない」と断言しておられる。

以上の引例は、いずれも無常観を通じて、とりとめのない現象世界を解脱し、真理に悟入すべきことを説いたものである。先生は常にこの無常観をバネとし契機として、学んで厭わず、誨《おし》えて倦まず、一貫して「失われた自己の回復」「真実の自己への回帰」を説きつづけられた。これは先生の学問教化の特色の一つだったと思う。

毀誉と学問

「せめて誤解しあうほど理解しあえたら」というポール・ヴァレリの言葉を先生はよく文章や話に引用されたが、人間というものは畢竟、自分の度量（物指しとます）と器でしか人をはかることができないのではないか。本書の「乱世と警語」の中でも、『琵琶記』に「夫婦でさえ三分ぐらいしか話ができない。容易にこの心をまるまる抛《な》げ出してはならない」というが、「まことに淋しい人生の現実で、人間の恨事である」（七十八頁）と慨嘆しておられる。

若くして世に出た先生は、喬木に風当りが強いたとえ通り、時としていわれない毀誉褒貶に遭った経験のせいもあろう。『師と友』誌に「毀誉と人間」（昭和三十一年五月）「毀誉」（昭和三十九年五月）を発表されている。前者は本書（六十四頁～六十九頁）に、後者は『東洋的学風』に収録されている。「毀誉と人間」にはこう書かれてある。

人間は金や色よりも、世間の評判、つまり毀誉に弱い。ところが、「人は他人をそう理解するものではない。いや、むしろ浅解・曲解・誤解・無理解など際限なく行われる。また複雑な人物、勝れた人物、難事難局にあたる人物ほど、そういう憂き目に逢うのが世の中である」。だから「みだりに他人の批評に一喜一憂するような小心狭量では、とうてい真実の生活に堪えないし、大事を成すこともできない」と、曽子の大勇、韓愈の伯夷頌、呂新吾の直言などの箴言をあげて乱世を生き抜く気節を説き、結局「西郷南洲の言ったように、天を相手にして人を相手にせずというような宗教的精神を要する」と述べておられる。

『東洋的学風』の方の「毀誉」は――いわゆる社会的動物である人間にとって、「他人の毀誉は深刻な問題である」という書き出しで始まり、古今東西の悪口・雑言の実例を列挙し、次にこれと対照的な人間の名誉欲と、これにともなう阿諛迎合や嫉み・憎しみの不快さが述べられている。そして、

どうすればこういう不快なものから解脱することができるか。要するに他人を、世間を相手にするより、もっと自分自身に生きることである。自分の内面生活を充実させることである。自分の教養・理想を高尚にすることである。そうすればおのずから富貴・功名・毀

誉褒貶というようなことは問題でなくなる。志意修まれば富貴に驕る。道義重ければ王公を軽んず。内省すれば外物軽し（荀子）である。

これは容易なことではないが、「それだけに乱世に処して志ある者は最も毀誉に動ぜぬ心がけが必要である」と結ばれている。

かつて先生は『三国志』を講じ、王船山の『読通鑑論』を引いて後漢の人物を論評されたことがある。そのとき学問の功徳について次のように語っておられる。

私は幸いにして早くこういう書を読むことができ、こういう書物を通じて人物や興亡の歴史を知ったために非常に救われた。満州事変までは私も私なりに時流の中に立っておったが、陸軍の一部が中原に乱入することになって、私は時流に絶望した。それで当時の過激派からずいぶん非難など受けましたが、超然として動じなかった。（中略）こういう先達、学問がなかったら、悪く言われれば憤慨もするだろうし、愚かな誘惑にも乗ぜられたろうし、いろいろの時紛の中でおそらく身をも誤まり、国をも誤まり、人をも誤まったろうと思う。（三国志と人間学）

自己真実の学問に徹すれば世間の毀誉は問題でなくなるのである。

点　心

この篇には「師と友」に掲載された小品を選んだ。師友会が発足した当初は、世の中が今ほど多忙でなく、先生も後年にくらべると小閑に恵まれていたせいもあったのであろう。なかんずく〝九返舎一六〟のペンネームで筆を揮った笑科などは、なかなか凝った文体で、卒然と一読した人は、筆者が安岡先生だと知れば、先生にこんな一面があったのかと驚くくらいユーモアに溢れていて、思わず額の皺が伸びるであろう。そして同じユーモアでも、格調が高く、先生ならではの見識と涵養がうかがわれ、しばしば破顔一笑させられる。こういうのを『照心詩話』の序文に書かれてあった〝濶達な笑い〟broad human laughter というのであろう。

残念なことに、先生の身辺が多事となり、これは数回で中断している。もし何年か続けられたならば、他に比類のない〝滑稽本〟の傑作ができたであろうにと惜しまれる。

「鯛焼！」などはいわゆる雑誌の埋め草だが、ほのぼのと童心が感ぜられる小品である。これから毎年の全国大会では、夜のパーティに「わかば」の鯛焼が並べられるようになり、師友会の大会名物の一つになった。それも今は懐しい思い出となってしまった。

薬師行と老婆心

昔から先生は養生法には格別の関心をもっておられた。そのことは戦時中に出版された『経世瑣言』のなかの「人間学と観音薬師行」や「忙人の身心摂養法」などを見るとよくわかる。

その中で民衆教化の問題について、しばしば仏教の例を引いておられる。

釈迦をはじめ祖師たちは、みな民衆に教を説く前に民衆の病気を癒してやった。まず医師であり、その次に社会問題の解決者だった。彼らは薬師如来（医師）であり観世音菩薩だった。だから仏書の中にはよく「仏は是れ大医王」ということばが出ている。観世音は世の中の人々の訴える声をよく観じて聴いてやる意味であり、薬師は衆生の病患を救い、無明の旧痾を治療する法薬を与える師のことであった。つまり心を論じる前に身体を癒してやった、法の師たる前に医王となったのである。

そういうわけで、先生は養生法や人相学についても講座で何度も話しておられるが、私自身が直接先生から具体的に教えられたことといえば、師友会の事務局に勤めた当初、次のようなことがあった。

「君は眉間《みけん》にたて皺がある。これは人相学上、印堂といって大切なところで、ここに深い皺があるのは良くない。それを矯正するには、機会あるごとに遠くの山とか大空の雲を眺めたりするとよろしい」。――王陽明の啾々吟に「君なんぞ戚々、雙眉憂ふ」とある。未熟な人相を省みて忸怩たる思いである。

その頃の私は、夜遅くまで深酒していたからであろう、目尻にいつも白いヤニが出ていた。

その頃、先生は児玉美雄博士の葉緑素の研究に関心をもっておられたが、呼ばれて会長室に入ると、液体葉緑素の小瓶を手にしておられ、「君にこれをやるから、いつも気をつけて点眼しなさい」といって下さった。誰がこんなことまで注意してくれるだろうと、そのときの先生の老婆心は身に沁みて忘れられない。

ある時は、「君はいつも懐中鏡をもつようにしなさい」といわれたこともある。よくネクタイがひん曲っていたり、頭髪が乱れていても気がつかないでいた私に「身形《みなり》に気をつけよ」との注意でもあったが、それよりも「自分の人相を省みよ」という教訓として受けとめたい。リンカーンの「男は四十歳ともなれば自分の顔に責任を持て」という有名な先訓もあることだし……。

「蘇東坡〝養生〟の法」について

出版社の希望もあって、先生が大学生の頃『日本及日本人』に発表した「蘇東坡〝養生〟の法」を巻末に収めた。

若さの気負いも感ぜられる佶屈聱牙《きっくつごうが》だが、甘い繊細な感受性がつたわってくる文体、しかしその内容はとうてい二十歳過ぎたばかりの若者が書いたとは思えない。難解な東坡の詩と文章をこれほど読みこなして、東坡の多情多感はそのまま安岡青年のものとなっているように思われる。老荘や仏典についての造詣も、これまた驚くべきものである。

編集後記

先生はこれより前、第一高等学校に在学中、一高卒業の思い出に「蘇東坡の生涯とその人格」という長篇を、高山樗牛らが健筆を揮《ふる》った『帝国文学』に発表したところ、中国の学者が帝大の教授と間違えたという夙成ぶりが伝えられている。

この論稿は東坡が行じた宴坐（静坐）と按腹についての解説であるが、若き日の先生の悩みと真摯な求道の内面を如実に伝えていて興味深いものがある。

――以上、きわめて舌足らずの後記であるが、いくらかでも読者のご参考になれば幸いこれに過ぎるものはない。

平成二年十一月二十一日

山口勝朗

著者紹介

安岡正篤

東洋政治哲学，人物学の権威。
明治31年，大阪市に生まれる。
大正11年，東京帝国大学法学部政治学科を卒業。
昭和２年，金雞学院，同６年に日本農士学校を設立し，
東洋思想の研究と後進の育成に力を注ぐ。
昭和24年，全国同志の輿望に応え全国師友協会を設立。
政財界指導層の啓発・教化に努める。
昭和58年12月，逝去。

〔主著〕
『支那思想及び人物講話』（大正10年）
『王陽明研究』（大正11年）
『日本精神の研究』（大正13年）
『老荘思想』（昭和21年）
『東洋的志学』（昭和36年，後『東洋の心』と改題）
『天地有情』（昭和63年，後『優游自適の生き方』と改題）
『人間の生き方』（平成５年，新装版・平成24年）

〔講義・講演録〕
『活眼活学』（昭和60年）
『運命を開く』（昭和61年）
『三国志と人間学』（昭和62年）

新装版《しんそうばん》 身心《しんしん》の学《がく》

2012年９月１日　初版発行

著　者　安《やす》 岡《おか》 正《まさ》 篤《ひろ》
発行者　武 馬 久仁裕
印　刷　舟橋印刷株式会社
製　本　株式会社渋谷文泉閣

発 行 所　株式会社　黎《れい》 明《めい》 書《しょ》 房《ぼう》

〒460-0002 名古屋市中区丸の内3-6-27 EBSビル
☎052-962-3045　FAX052-951-9065　振替・00880-1-59001
〒101-0047 東京連絡所・千代田区内神田1-4-9 松苗ビル４F
☎03-3268-3470

ISBN978-4-654-07025-1